Le Cheval
d'août

Un parc pour les vivants

Sébastien La Rocque

Roman

À Catherine

Ma mémoire, monsieur, est
comme un tas d'ordures.

JORGE LUIS BORGES, «Funes ou la mémoire»

Première journée

1.

Leurs rendez-vous avaient toujours lieu au même restaurant générique du centre-ville, sensation rétro cer-
tifiée, Time warp back to the 50's. Les banquettes de
cuir souple turquoise longeaient de grandes fenêtres
ensoleillées qui donnaient sur la rue, des tables en arborite ceinturées de stainless, un plancher et un comptoir à motif en damier noir et blanc avec des tabourets
assortis aux banquettes complétaient l'ensemble. La
serveuse portait une queue de cheval, une jupe courte
et des chaussettes blanches dans ses souliers cirés.
Les bras croisés, le dos au comptoir, elle discutait ce
jour-là avec le cuisinier penché dans le passe-plat. La
radio jouait un air connu, une chanteuse ou un eunuque,
qui se fondait dans le décor. On entendait surtout la
voix de Marie, insistante. T'es fatigué, Thomas. Michel
a haussé les épaules. Il observait sur la table ses longs
doigts minces, osseux, ses mains qui n'avaient jamais
travaillé, qui n'avaient jamais été blessées. Des mains
pour rien. Marie est revenue à la charge, mais Michel
a enchaîné sur le dernier roman d'Untel comme s'il
ne l'avait pas entendue, comme toujours, c'était leur
mythologie à eux, prévisible, à la fois sécurisante

et étouffante. Une belle histoire, a dit Michel. Ça va dans tous les sens, c'est baroque. Tu devrais aimer. Il faut raconter des histoires, Thomas, voir si on en est encore capables. Mais raconter en douceur, sans trop en mettre. Pas d'esbroufe, pas de pantalonnades. La vie est déjà assez poétique comme ça, faut pas en rajouter. Marie s'entêtait à parler du cas de Thomas. *Psychose,* elle avait peut-être dit ça. Ou *intervention.* Elle a dit *centre.* Elle a parlé de crise, ça ferait du bien qu'on s'occupe de toi et de ton âme, des traces de brake sur tes bras et du trou noir que t'as dans le cœur. Ce n'était peut-être aussi qu'une grosse fatigue. Michel a rigolé. Est-ce que Marie avait vraiment dit *âme*? Sans la regarder, occupé à plier et à replier un bout déchiré de son napperon en papier, Thomas a dit, Oui. Oui, Marie. Je vais y aller. Michel a fixé le marc du café au fond de sa tasse. Thomas a encore dit, Oui Marie, et il s'est rendu au centre. On lui a donné des draps et un oreiller, montré sa chambre. Des murs blancs, un crucifix en bois de rose. Il a fait son lit et s'est couché tout habillé. Au plafond, une araignée tournait en rond puis allait en ligne droite, s'arrêtait, hop, revenait, nerveuse. Où avait-elle tissé sa toile? Thomas en a vite eu assez. Il est peut-être resté une heure avant de partir. Tout était trop propre. Marie lui en a voulu un peu, puis elle a oublié. C'est ça la famille.

2.

Mathieu s'enfonce lentement dans son fauteuil à mesure que la soirée et son état d'ivresse progressent. Il a déjà revêtu un pantalon de pyjama et son vieux tee-shirt Nike. À la table de la cuisine, Marianne bûche sur sa thèse, quelque chose sur les liens entre l'histoire et le déchet dans la littérature américaine d'après la Deuxième Guerre mondiale; elle ne parle que de ça, elle a des colloques, publie dans des revues. Mathieu a disposé son ordinateur portable près de lui. Il lui procure cette illusion d'intimité qui lui manque dans leur salle de séjour, qui sert à la fois de bureau pour elle – tous les meubles y sont recouverts d'un fouillis de documents et de livres à demi lus – et de salle de jeux pour les enfants. La qualité de l'image de la vidéo est médiocre. La camgirl ne regarde pas la caméra, concentrée sur quelque chose hors champ. Elle tète un crayon et interagit avec les clavardeurs. Elle n'est pas comme les autres filles, écartillées sur un lit à se frotter, elle se révèle progressivement, retire sa jupe et déplace avec lenteur la caméra pour montrer son entrejambe. C'est un jeu. On trouve des centaines d'exhibitionnistes sur ce site, une communauté silencieuse qui n'a en commun qu'un relatif sentiment d'isolement ; ce sont en majorité des femmes, des couples aussi, et quelques hommes qui exhibent leur sexe comme d'autres s'amusent avec une branche de céleri laissée trop longtemps dans le réfrigérateur.

Des éclairs à la télé qui joue en sourdine font sursauter Mathieu, le contraignent à quitter des yeux son écran le temps d'une publicité, puis de deux, trois, *Votre vie, votre assurance,* avant que ne reprenne l'émission *Jeux de mots!* qui sera remplacée par une autre, interrompue elle aussi par des pauses publicitaires qui auront sur lui le même effet. Son cellulaire vibre dans la poche de son pyjama. Qui peut bien lui écrire à cette heure ?

Il se rappelle le cri de sa mère ce soir de juillet, tard dans la nuit. Il était enfant et s'était rendu sans faire de bruit jusqu'au bout du corridor où il l'avait vue par l'embrasure de la porte de la cuisine. Elle se tenait dos à lui, immobile contre le papier peint orné d'immenses fleurs jaunes et vertes, le combiné du téléphone mural contre son oreille. Son père venait d'enrouler sa grosse Cadillac autour d'un arbre, près de la rivière des Prairies.

Le texto provient d'un numéro inconnu, Miss u. wish u were here... Il répond sans attendre, Sorry wrong number, et remet le téléphone dans la poche de son pyjama. Marianne s'étire en se renversant sur sa chaise.

Dodo ? Tu vas dormir nue ?

Haha... non... trop fatiguée chéri...

Marianne élude.

Tu sais, Mathieu, les coraux ?

Les coraux? Tu étudies les coraux, maintenant?

Non, mais écoute: *Les coraux, tout comme les cultures, ont l'habitude de se développer sur les cadavres de leurs ancêtres.*

C'est joyeux.

Il l'aimait lorsqu'elle avait bu, pas beaucoup, mais juste assez, et qu'elle dansait, *Allez, viens danser – mais pourquoi tu ne danses jamais?* et que, dans le mouvement, sa jupe ajustée se retroussait; elle était belle, elle faisait ça avec ses mains, ses hanches, sa tête, gracieuse, les yeux fermés, dans cet abandon qui, pour lui, n'avait aucun sens. Et dire qu'il l'avait frappée dans son cauchemar, la nuit dernière. Elle criait, puis paf! Elle avait reculé. Il avait de grosses mains dans le rêve. Ce n'étaient pas les siennes, il l'avait remarqué malgré sa vision réduite, il se répétait comme pour se convaincre, Ce ne sont pas mes mains... Ce ne sont pas mes mains, mais c'était bien lui qui l'avait frappée. Il n'était pourtant pas un homme violent. Elle avait reculé, fait de gros yeux, un peu fâchée, mais surtout étonnée. Et s'il lui distribuait d'autres claques, comme ça, pour le plaisir? Elle avait crié, il l'avait frappée de nouveau, ce n'était déjà plus la même chose, il l'avait empoignée par le chandail et projetée contre le lit. Il aurait pu la violer, qu'il s'était dit, Je pourrais la violer, comme elle se cachait le visage dans les couvertures. Il était sorti du rêve en claquant la porte.

Son téléphone vibre encore, What if it was not a wrong number?

Il répond, What if?

Un autre texto rentre aussi sec, Will we ever know?

Il hésite avant de répondre. Sa blonde, penchée sur son clavier, a les yeux rivés sur l'écran. Les pièces détachées d'un train en bois gisent sur la carpette.

3.

Une tache rouge embrouillée clignote, c'est l'heure des myopes. Le vieux Sony Dream Machine que Thomas possède depuis plus de vingt ans ne le met jamais en retard. Quand on n'a plus de job, on n'est pas en retard. Une vieille caisse de bois assemblée à queue d'aronde, versée sur son côté le plus étroit, lui fait office de table de nuit. Sur le papier écaillé qui la recouvre, une inscription.

```
N°
New sc
```

Thomas a toujours cru qu'il s'agissait d'une boîte de thé chinois des années cinquante. L'alarme d'une voiture retentit dans la rue, ce n'est pas sa Buick Electra cinquième génération, loque-relique qui n'attire que les railleries. Déjà une semaine que Ménard l'a informé qu'il n'aurait plus à se pointer à la shop. Thomas n'avait pas bronché, ça faisait un peu son affaire. Sa basse ramasse la poussière depuis la dernière tournée du band dans le nord de l'Ontario, où une de ses cordes avait lâché pendant le dernier set ; il s'était retourné en riant vers son drummer et un pilier de bar en avait profité pour lui balancer une bouteille sur la tête. Thomas cherche à tâtons la commande de la télévision. *C'est votre histoire. La nouvelle Ford.* L'écran est un feu d'artifice, *Entrez dans l'histoire,* la voiture avance, le logo Ford de la grille remplit l'écran, le soleil miroite sur le capot. L'œil voyage, embrasse la voiture de côté ; la caméra se hisse en surplomb, glisse de l'avant vers l'arrière pour révéler un désert qui se dessine à l'horizon. Elle s'arrête, en suspens, laisse la voiture s'éloigner sur la route, le soleil droit devant, au-dessus des montagnes de carton-pâte, c'est comme si nous y étions. *Invitation au voyage.* Thomas change de poste. Des garçons aux cheveux longs et aux genoux crottés s'agitent sur la pellicule du Super 8, ils se tirent dessus en faisant un bruit de détonation avec leurs bouches. Une fillette à tresses se bat avec une autre pour une poupée autour d'un Easy-Bake Oven. Des mononcles à moustaches, des mononcles à favoris aux tee-shirts élimés et trop courts, des matantes fument dans la cuisine en préparant le repas. Tout le monde fume, *C'est bon, c'est bon pour la santé, Chesterfield, Craven A, Export A, on est six millions, faut se parler, Benson & Hedges, 'a beau être la plus longue, c'est donc dur à dire... Da Giovanni, les petits puddings, tout le monde s'attache au Québec...* Thomas se rappelle ses affreux pantalons à pattes d'éléphant et le tripotage des cousines au sous-sol. Les bouches s'agitent, les bouches rient, les bouches se chamaillent.

Entrez dans l'histoire.

It's all about connections.

Des passants s'affairent sous sa fenêtre, au son des klaxons, des voix, une scène qui ne semble pas vouloir se terminer. Et lui, quel est son rôle ? Un homme tousse dans l'appartement d'à côté, quelqu'un court dans le corridor. À l'étage du haut, on échappe une casserole. C'est sa dernière journée en ville. Thomas se libère de son lit, trébuche sur une assiette qui a déjà contenu autre chose que cette sauce céramiquée. Ses oreilles bourdonnent. Les guitares et la batterie du concert de la veille lui taraudent le cerveau, il a encore dans la gorge les bières et les shooters avalés en cochon. *Tu es trop vieux pour ça, Thomas.* Il s'étire, les douleurs de la quarantaine migrent du bas de son dos à ses hanches, et du cou aux épaules. Thomas ferme les yeux et les premiers accords résonnent de nouveau, il revoit la foule compacte, ça sent le métal ; le chanteur arrive sur scène, observe les spectateurs qui attendent, inspire profondément, joint les mains devant lui puis les lève au ciel. Ça y est, les premiers accords retentissent tout en douceur, on entend encore des gens qui parlent dans la foule. La basse et le drum embarquent, le chanteur suit le rythme avec ses cheveux qui lui masquent le visage. C'est parti pour de vrai, la grosse sauce, le gravy lent et lourd qui durcit les artères, et déjà Thomas sait que demain, il aura mal au cou. Puis la voix s'élève, c'est l'extase, les cris, le début de toute chose, et il y a cette fille trop gelée qui se matérialise à sa droite, petite blonde avec de longs dreads et un piercing dans la joue, près de la bouche. Elle porte une jupe à carreaux extrêmement courte. Et elle lui tend un joint. *Introibo ad altare Dei.*

Ses lèvres bougent, elle lui parle, il n'entend rien et se penche vers elle. Elle lui dit, Fais attention, faut pas se faire pogner, sur un ton maternel décalé, ici, dans le pit, comme ça, pendant que ça brasse. Il prend le joint, voilà le travail. Il s'est présenté au spectacle avec Marc et a profité de la pause entre les sets pour caler des bières et des shooters, mais ça ne décollait pas. La fille est inespérée. Elle fume son joint, hypnotisée par la musique, regarde autour d'elle, hébétée par tout ce qu'elle a pu avaler, et en roule un autre. Elle reste longtemps à côté de Thomas, ils se frôlent, échangent des sourires, All right! Elle lève les bras en fermant les yeux et en se balançant. D'un coup sec, elle se glisse devant lui et se colle contre son torse. Il peut sentir son petit cul sous ses mains; la fille se frotte contre sa queue, Marc les regarde avec des yeux qui n'en peuvent plus, et, sans trop s'en apercevoir, enveloppé par la musique et la masse humaine, mû par quelque loi de la lubricité, Thomas glisse sa main sur le ventre de la fille, descend jusqu'à sa culotte. L'élastique s'étire au passage de ses doigts, elle se tortille, se colle encore plus; ça crie autour d'eux, des aveugles en transe. Son poil est ras. Il glisse un doigt dans sa fente, l'enfonce progressivement. Puis Thomas retire sa main, prend la fille par le bras – ils fendent la foule et il l'attire dans les toilettes. Une fois redescendu au bar, Thomas commande deux bières et deux shooters qu'il partage avec la fille en guise d'au revoir puis se faufile jusqu'à la scène en hurlant.

Le spectacle terminé, les corps en sueur se sont alignés sagement vers la sortie et les rues froides, surveillés par les doormen tout en muscle qui rameutaient la procession aux regards vitreux. Dude, c'était magique! Thomas a aperçu Marc qui grillait sa cigarette nerveusement en la tenant entre le pouce et l'index dans sa paume tournée vers l'intérieur.

T'as recommencé à fumer?

Dude, c'était malade, é-pi-que, tight, les gars sont tights pis, wow, la fille, dude, la fille qui se frotte sur toi pis t'es parti avec pis t'as quoi, t'as fait quoi?

Thomas n'a pas fait ses adieux à Marc. Ils se sont serré la main, celle de Marc était moite. Il avait pris du poids. Leurs yeux se sont croisés un instant, et Thomas a été tenté de prendre son ami dans ses bras pour une accolade, un au revoir, mais il s'est résigné – on ne doit pas poser de tels gestes, ils seraient mal interprétés. Il s'est faufilé parmi les spectateurs qui reprenaient leur souffle devant les portes du théâtre en tâchant d'éviter les colporteurs de tracts publicitaires. La tête lui tournait, il transpirait dans l'air vibrant et frais. Il ne se sentait pas l'estomac assez solide pour se taper la foule du métro dans un wagon surchauffé, aux odeurs de nausée. Il a contourné un attroupement de gangstas qui occupaient tout le trottoir, des durs prenant des poses étudiées dans leurs vêtements trop grands. Quand il les a entendus rire, il n'a pas accéléré le pas, *Droit devant*, vigoureux dans ses muscles et dans sa tête. Il bouillonnait à l'intérieur mais, encore une fois, rien n'allait se passer. Il allait rester seul avec cette colère inerte en travers de sa gorge, les mains dans les poches. La ville s'est transformée, il approchait de la zone des locaux abandonnés et des fenêtres aux placards de plywood recouverts d'affiches et de graffitis. Une page de journal s'est enroulée autour de son pied, et ses yeux ont attrapé un mot, *Urgence,* en lettres grasses et fripées. Sur un divan défoncé oublié au coin d'une ruelle, un chat qui dormait s'est levé à son passage et s'est enfui dans une montagne de sacs de poubelles. Plus loin, des gens s'attroupaient à la sortie d'un autre spectacle. À l'intersection, il s'est arrêté devant des amoureux qui s'étreignaient en attendant le feu vert. Le jeune homme a passé sa main sur les fesses de la femme en l'embrassant dans le cou. Elle a tourné son visage vers le sien, lui a chuchoté quelque chose à l'oreille et a blotti sa tête au creux de son épaule. Thomas les a contournés, il a remis les poings dans ses poches et a obliqué jusqu'à la station de métro et sa chaleur nauséabonde.

4.

Les hommes sont dehors à fumer, près de la porte de la grosse grange rouge de l'encanteur. Avant, ils fumaient à l'intérieur, parmi les bruits d'objets qui s'échappaient des mains, le raclement des meubles qu'on traînait sur le plancher avec, en voix hors champ, la narration rythmée du gros Pomminville. Marin, Charest, Paquette, Martinez. Chaque semaine, ils amenaient leurs trouvailles, des objets plus ou moins antiques ramassés aux quatre coins de la province, dénichés chez un particulier ou dans une succession, tous ces héritiers pressés de liquider les biens du grand-oncle, *Vous emportez tout, n'est-ce pas?*, pour nettoyer la maison et la vendre au plus sacrant. Les fumeurs, sous l'abri de la cantine mobile, bavardent avec Monique. Parmi eux, Galarneau et Beaudoin, deux jeunes pickers qui viennent toujours seiner à l'encan, des blancs-becs de la nouvelle génération. Charest souffle en l'air une longue bouffée, observe l'homme qui approche en claudiquant. Les autres se retournent.

Salut Marin.

Marin s'approche du groupe, le souffle court.

Salut Paquette. En forme Martinez? Comment va la santé, Charest? Le dos tient le coup?

Pas si mal, Marin... on survit.

Salut Monique.

Salut Marin.

Beau temps pour un encan, non?

Une chance qu'il mouille pas! Regarde mes meubles. Ils les ont sacrés dehors. Pas de place en dedans. Tu connais Pomminville, faut pas que ça niaise. T'achètes ton stock, tu le sors, pis tu t'arranges avec.

T'as pas ton camion?

Au garage. La transmission.

Ç'a l'air de quoi en dedans?

Pas si pire. Il a passé les cossins. Il embarque dans les meubles tout croches. Dans une heure environ, ça va être le beau stock. C'est pas la grosse affaire, mais j'ai vu une commode en pin. Une armoire à pointes de diamant. C'est Charbonneau qui a ramassé ça, en Estrie. Tu sais qu'il l'a payée cinq cents piasses? lance Charest avant de cracher par terre.

Tu rentres?

Marin sourit, hausse les épaules et se dirige vers l'entrée. Galarneau et Beaudoin le suivent.

C'est fou comme il y a du stock.

C'est rien que de la marde.

L'encanteur débite les prix à une vitesse folle. Tous saluent Marin, on reconnaît le picker devenu antiquaire, qui a parcouru les campagnes québécoises durant l'âge d'or de la mélamine et de ses dérivés d'agglomérés et de placages qui sont allés gonfler dans les dompes municipales. Il a écumé l'ensemble du territoire, a cogné à des milliers de portes.

On le recevait bien. Ce n'étaient que des vieilleries dont on se débarrassait avec joie pour quelques dollars. Les plus âgés étaient les plus expéditifs. Les meubles modernes aux lignes droites parvenaient à leur faire oublier un peu le passé. Dans la salle, les acheteurs sont presque tous âgés à part Galarneau et Beaudoin qui s'emballent et achètent les rebuts des autres.

Thirty, thirty-five, trente trente-cinq? Trente-cinq, quarante? Forty? Quarante quarante-cinq, forty, forty-five? Quar... Eille, les gars... Oui, toi pis l'autre, décidez-vous... Vous êtes ensemble pis vous bettez l'un contre l'autre. Oui. OK? Quarante. Quarante-cinq? Quarante-cinq? T'es sûr? Quarante-cinq, numéro... cent trente-deux... OK... Oh! regardez les amateurs, le beau Carnaval, un vase à bonbons ou à paparmannes, n'importe quoi, mettez ce que vous voulez dedans... Il est im-pec-cable, pas chippé, rien. Qui me donne... soixante-quinze piasses?

Marin se promène entre les rangées de meubles, les mains croisées derrière le dos, les lunettes sur le bout du nez. Il s'arrête devant une armoire, ouvre la porte de gauche, la referme, ouvre celle de droite. Il passe la main sur un buffet Eastlake, fait pivoter un canard mallard en bois, le soulève.

Une bassine en bois.

Une cruche Farrar.

Un sèche-linge.

T'as vu le sèche-linge? C'est la première fois que j'en vois un comme ça.

Marin sourit à cet habitué, un homme qu'il a toujours connu vieux et dont il n'a jamais su le nom.

Le vieil homme reste à côté de Marin. Il tremble et fixe la cruche de grès.

Il y avait de la mélasse là-dedans?

Oui. Fraserville. C'est Rivière-du-Loup maintenant.

Une commode art déco
Le plaqué des tiroirs frise et se détache
Un banc en 2 × 4
Une boîte de livres de recettes
Une boîte de *Reader's Digest*
Une boîte avec un chapeau melon
Une boîte avec des souliers dépareillés
     aux semelles élimées toutes croches
     qui appartenaient à des gens
     qui marchaient tout croche
Une boîte de vaisselle dépareillée
Une boîte en bois
Une boîte en bois
Une boîte en bois remplie de bouteilles de lait
Une planche à repasser en bois
Un rack à linge en bois
Des fenêtres de maison en bois
Des chaises en bois pas de fond
     imbriquées les unes dans les autres
Une reproduction de gramophone
Des livres dans un tiroir
Des journaux ficelés
     jaunis et craquants
Un cheval de bois

avec une crinière en macramé
des yeux en papier mâché
Des pattes de table trop courtes
Des courtepointes sales
déchirées pliées
Des lampes à huile
Un moule à sucre
Une baratte à beurre à bascule
Cent ans de fers à repasser
Une coutellerie sans valeur
Un cendrier sur patte de daim
Une bouteille de Pepsi en plastique
Un deux litres de Coke
One, one ten, one, one ten, cent, cent dix, cent dix, cent vingt, cent vingt, cent trente, cent vingt, cent trente, cent trente, cent quarante, cent trente-cinq, cent quarante...

Monsieur Marin.

Ah. Bonjour madame Gendron.

Vous avez vu l'armoire à pointes de diamant?

Oui.

Elle est belle, n'est-ce pas?

Oui. Une belle pièce.

Marin flatte l'armoire sur le côté.

Mais elle n'a plus sa peinture d'origine. Elle a été décapée. C'est dommage...

Vraiment?

Regardez.

Il prend madame Gendron par le coude et lui montre le piètement de l'armoire.

Regardez ici, en bas.

Elle se penche avec peine.

Je ne vois rien.

Regardez ici. Il y a du bleu.

C'est une tache?

Non. De la peinture. L'armoire appartenait à la famille Beaudry de Berthier-sur-Mer, en face de l'île d'Orléans. Je l'ai vue la première fois en 64. Je l'ai revue chez un antiquaire de Rawdon en 89. C'est la même. Une partie du montant de la porte gauche a été remplacée.

Il n'est pas d'origine?

Légères modifications. Ç'a été très bien fait.

Dommage qu'elle soit plus sur la peinture d'origine. Elle a pas survécu au décapage à l'os des années soixante-dix. Dommage. Elle aurait valu beaucoup plus. Une belle pièce quand même. Très belle. On en trouve plus beaucoup des comme ça.

Madame Gendron observe Marin. Il reconnaît ce regard. *Je l'achète quand même, ou quoi?* Il la salue, Bonne journée madame Gendron, et poursuit son inventaire des lieux. Elle reste figée devant l'armoire un instant, se penche devant la porte de gauche.

Faites attention les gars.

Des hommes mettent l'armoire dans le pick-up de Marin. Beaudoin et Galarneau se tiennent en retrait près de la porte d'entrée.

C'était l'armoire que tu m'avais parlé? demande Pomminville. Celle de l'Île?

Marin acquiesce.

T'as un acheteur ou tu fais rien qu'accumuler?

Je pouvais pas passer à côté.

Pis ta boutique? Tu fermes? Pour vrai? Tu vas faire quoi?

Les hommes attachent le meuble, Mettez des cartons en dessous des cordes, leur crie Pomminville. Allez chercher du carton. Veux-tu une couverte de livraison, Marin? Il continue, Tsé que Galarneau pis Beaudoin vendent leurs affaires sur internet?

Galarneau pis Beaudoin vendent d'la marde.

Moi aussi j'vais fermer. Y a pus autant de monde qu'avant. Tu te souviens, Marin? On vendait même d'la bière dans le gros frigidaire du fond, pis on était touttes saouls à fin. Les gars achetaient n'importe quoi. J'vais en faire encore, des encans. Des fermes. Des successions. Chez les gens. C'est rendu trop difficile à entretenir, ici, pis y a Monique aussi, qui vieillit. On va s'acheter un condo pour être proche des petits-enfants.

Marin ne dit rien. Les hommes ont terminé d'attacher l'armoire. Ils sautent en bas de la boîte et ferment la tailgate. Marin se retourne, salue Beaudoin et Galarneau, met la main sur l'épaule de Pomminville et monte dans son pick-up.

5.

Mononcle est passé et a vidé l'appartement. Des années d'accumulation, *Tu ramasses tout, Mononcle, tu ramasses, tu jettes ou tu vends, j'm'en câlisse, ça débarrasse,* les boîtes de bibelots, les meubles aux tiroirs qui ferment mal, remplis à ras bord de carnets, de photos d'inconnus; les chaises, les bidons de lait, les boîtes à pommes. Mononcle a même emporté les cinq ou six vélos qui traînaient dans l'entrée et les sacs de poubelles fourrés dans les armoires de cuisine. Il règne toujours une odeur de putréfaction. Des mouches à fruits volettent encore dans l'appartement, indécises, en attente de la suite. Il ne reste que le matelas, la Jazz Bass, la télévision et le crucifix. Il se trouvait déjà au mur lorsque Thomas avait pris possession des lieux. Marie avait voulu qu'il décroche cette vieillerie d'un autre âge. Thomas avait haussé les épaules et l'avait laissée là. Par la fenêtre, il voit le ciel se couvrir. Un grondement secoue les murs, une mécanique de freins usés qui le distrait un instant du flux épileptique d'un reportage sur la résistance bactérienne aux antibiotiques. Il entend la présentatrice du téléjournal prononcer le mot *apocalypse.* Un dictateur a été lynché dans un pays que Thomas ne saurait situer sur une carte, manifestations d'étudiants en Espagne, on enchaîne sur un autre reportage, de grands paniers métalliques remplis de victuailles circulent à travers les allées d'un supermarché, roues grinçantes et étalages de cannes, de bouteilles, d'emballages de plastique et colorés de bonheur et de joie. Demain soir, Thomas n'ira pas faire le tour de la ville avec Mononcle comme il en avait l'habitude. C'est Noël chaque jour de poubelles, ici ou ailleurs, en ville ou en banlieue. Chaque semaine, ils faisaient main basse sur le butin qu'ils triaient avant d'aller camper au marché aux puces pour écouler les trouvailles. Les objets plus anciens ou de valeur prenaient le chemin des antiquaires ; monsieur Marin, sur Notre-Dame, était leur acheteur le plus fidèle. Les jeunes couples raffolaient des tables en formica et en métal et des vieux réfrigérateurs des années cinquante, Gibson, Philco, General Electric. Quand Marin levait le nez sur leurs cossins, ils rempaquetaient leur barda dans le pick-up de Mononcle et roulaient jusqu'à l'encan de Pomminville, à Saint-Thomas-d'Aquin. Ils prenaient le pont puis l'autoroute, les visages des hommes disparaissaient, les villes se transformaient en banlieue avant de s'ouvrir à la campagne et à son enfilade de champs. *Un jour, il n'y aura plus rien,* disait Mononcle – il avait de ces envolées parfois, quand les Coors Light s'accumulaient, il racontait les histoires déjà mille fois racontées de son service militaire et finissait par sombrer dans sa ritournelle de la Grande Fin sans date qui nous pend au bout du nez, *Les gens vont faire moins d'argent, y vont perdre leurs emplois, mon homme. Sais-tu c'est quoi avoir faim, gars ? Non, tu sais pas. Les business vont fermer. Toutes. Les unes après les autres. Plus rien à vendre, plus personne pour acheter. Les gens vont crier, piller, ils vont s'entretuer. C'est ça, la faim. Il y en a d'autres qui vont juste pleurer, c'est déjà pas mal. La cruauté d'un homme, ç'a pas de fin, gars. Mais c'est pas toutte, ça. On est encore icitte. Donne-moi une autre Coors. Il en reste-tu, de la bière ?*

6.

C'est Marie. Thomas? Réponds, Thomas. Est-ce que tu viens chez Michel à soir? Appelle-moi. Tu m'appelles plus, Thomas. J'ai pas de nouvelles. Qu'est-ce qui se passe? Marie a un sommeil d'oiseau. Elle s'éveille la nuit pour écrire le contenu de ses rêves, assise sur la toilette, se recouche et se lève de nouveau, traîne ses pantoufles jusqu'à la cuisine pour boire une gorgée de Pepsi et retourne voler quelques minutes de sommeil avant le jour. Chaque matin, en buvant un café, elle se relit comme d'autres survolent les gros titres des journaux. Elle fait le tri, biffe, rajoute, rebiffe. Marie n'a aucune prétention littéraire, ce n'est que pour mieux se connaître, elle a lu ça elle ne sait plus où, chez le dentiste peut-être, quelque chose comme une pensée positive, du bonheur à petites lampées, un rayon de soleil pour les jours gris, une machine pour se comprendre. C'est sa discipline à elle, silencieuse, cachottière. Tout est trop bavard, partout, et il y a déjà Michel qui écrit et publie dans la famille, c'est bien assez, non? Elle est debout à six heures les jours de la semaine, fait les lunchs et les lits, arpente rapidement les chambres pour ramasser ce que son chum et sa progéniture ont laissé traîner – sous-vêtements, chaussettes sales, bâtons de popsicles collés au vernis des tables de nuit, mottes de poils arrachées au chat. Elle part une brassée de linge, veille à ce que les enfants respectent la limite de temps qui leur est accordée pour déjeuner – il faut rire un peu, sans trop faire de bruit, brosser ses dents et ses cheveux – puis elle se dépêche de les mener à l'école avant de revenir à la maison pour déjeuner, seule. Marie s'installe sur le rebord de la fenêtre, sa tasse de café lui réchauffe la main. Dans la rue, c'est l'automne. Un rayon de soleil glisse sur le plancher d'érable de la salle de séjour et remonte sur le mur de lambris peint couleur «aube blanche» jusqu'à la photo de famille prise chez Sears sur laquelle on les voit tous les cinq, propres, pieds nus, en jeans bleus et tee-shirts blancs, souriants, devant une grande toile blanche. *Elle prend peut-être un peu trop de place.* Le portrait occupe une bonne partie du mur, flanqué de deux luminaires aux ampoules givrées en forme de flamme, aux abat-jour carrelés jaunes, rouges et bruns. Marie revient à la salle à manger et recueille les miettes de son déjeuner sur leur nouvelle table en érable de huit pieds, avec chaises capucine à foin de mer en damier. Ils pourront enfin se montrer de parfaits hôtes durant le temps des fêtes. Le temps froid s'en vient; le foyer deux faces qui trône majestueusement au centre de la pièce, encastré dans une immense colonne de pierre blanche, fera fureur. Elle imagine le feu pétasser dans l'âtre et les invités en pâmoison devant la beauté de l'unité murale qui accueille quelques livres, des bibelots et le téléviseur de cinquante-quatre pouces du cinéma maison. Ils prendront l'apéro autour de l'îlot de cuisine de dix pieds, debout ou assis sur l'un des six tabourets assortis aux chaises de la table. Elle fera glisser pour eux ses tiroirs de cuisine à fermeture automatique de style shaker d'un blanc laqué immaculé, qui s'ouvrent et se ferment grâce à la technologie du Blumotion de Blum, tout doucement, c'est ça, le progrès, la vie et la façon de concevoir la cuisine et ses objets sont révolutionnés – plus personne ne claquera une porte dans un excès de colère; régnera l'harmonie, et la médication s'occupera des malheureux.

Frotter
Épousseter
Épousseter puis frotter
Détacher
Laver plus blanc
Laver plus blanc que blanc
Ramasser brosser polir astiquer savonner toiletter
Voilà voici regardez
Ça brille ça lustre ça perle
L'odeur du sent-bon un parfum d'éternité
Vadrouille
Balayeuse

Marie a ramassé les restes de son déjeuner. Les couverts ont été placés dans le lave-vaisselle. Les mains sur les hanches, elle fait l'inventaire de ses gestes. *La litière? Le recyclage?* Les sceaux sur les bouteilles de jus, les doubles ou parfois triples emballages lui procurent un sentiment de sécurité. Il est rassurant de savoir que le savon antibactérien enraye 99,9 % des germes, que le sac reste bien fixé sur le rebord de la poubelle et ne se défait pas en s'écroulant vers le fond à chaque fois qu'on y jette un objet lourd. *Le sac de poubelles!* Elle change le sac. Rien ne traîne sur le plancher. Elle a passé l'aspirateur pas plus tard qu'hier, en chantant, en faisant le tour de son territoire, chaque meuble a été soigneusement astiqué, ils ont été tirés afin d'aspirer la poussière et les poils de chat qui s'étaient glissés à l'arrière ou en dessous. Son nouvel aspirateur, un Bissell DigiPro à capteur numérique qui règle automatiquement la puissance d'aspiration, se révèle une pure merveille. Pourquoi avoir attendu si longtemps avant de se débarrasser du vieil engin de maman et de le foutre au chemin? Elle sort avec le sac. Aucun ferrailleur n'a daigné prendre l'appareil. Peut-être Thomas en voudrait-il? Cette pensée la fait sourire. L'objet traîne encore, quasi majestueux, seul au bord du chemin. Elle soulève le couvercle du bac à ordures, dépose le sac en retenant son souffle et en détournant la tête. Marie observe un instant la rue tranquille puis revient dans la maison se verser une autre tasse de café. La fournaise s'arrête. Marie est essoufflée. Elle a le cœur fragile et vit avec la crainte de s'écrouler d'un jour à l'autre. *OK, plus de café après celui-ci.* Elle ne comprend pas ce qui pousse tous ces hommes et ces femmes à courir, en solitaire ou en duo, en groupe de cinq, dix, vingt, dans les pistes cyclables de la banlieue. Ils se regroupent depuis quelques semaines, chaque soir, à la Maison de la course qui vient tout juste d'ouvrir non loin et partent tous dans la même direction avant de s'éparpiller aléatoirement dans les rues. Ce battement, dans sa poitrine. Le téléphone est à portée de main, sur le rebord de la fenêtre. Elle imagine sa mort comme dans les téléromans – Marie peine à respirer, la voiture de Marc-André tourne le coin de la rue, ralentie par un chat qui traverse devant ses roues au même moment; elle s'écroule, et le café encore brûlant se répand sur la céramique froide. Son corps ramollit. Un jour, elle le sait, son cœur va se rompre, ce sera pour vrai. Elle s'assoit sur le divan et prend une gorgée de café. Dans le silence photographique, les objets prennent toute leur raison d'être. Elle-même est reléguée au rang d'accessoire. Elle seule respire.

7.

Thomas se résigne. Il faudra bien rappeler Marie. La famille, on ne s'en déprend pas, c'est comme une mauvaise idée ou une migraine. Thomas aimerait partir sans éclats, se glisser dans une fissure minuscule, comme un lézard. Il veut mettre le nécessaire dans un sac à dos et poser un pas devant l'autre, sans un mot. Mais ne pas passer un coup de fil à Marie constituerait un affront, même s'il sait que sa sœur ne l'écoutera pas. Elle n'écoute jamais. La voir, c'est pire. Douleur, drame, sa parole s'épouvante; elle gesticule comme Don Quichotte pris dans un moulin. Enfin, il l'appelle, et elle est heureuse de lui parler. Elle l'est toujours, Comment ça va, Thomas? Il lui annonce son départ, ce projet larvé, en sourdine, dont personne n'a encore eu vent. Cette annonce aurait dû la surprendre, Tu es bien préparé, j'espère, mais tu sais... et elle continue de parler sans attendre sa réponse, son jabotage s'insinue en lui comme celui d'un vendeur itinérant qui mettrait son pied dans l'ouverture de la porte qu'on veut lui fermer au nez, Un meurtre, il y a eu un meurtre, oui oui, je te le dis, pas loin, à deux rues d'ici, c'est à n'y rien comprendre, c'est si tranquille dans le coin, même si les enfants parfois, ça crie ces petites bêtes! Elle rit nerveusement et enchaîne sur les vertus de la famille. Ils ont des activités, ils font des trucs ensemble que jamais papa ni maman n'auraient songé faire. *Allez-y! Activez-vous, bougez, petites abeilles!* Marie imagine l'avenir devant eux, et transmet cette Parole à sa progéniture comme un évangile: ils peuvent tout s'ils le désirent. Il suffit d'y mettre l'effort... et l'amour. Ah! l'amour! Dans un même souffle, elle les conspue et les fustige, ses enfants tyrans. Julien n'écoute pas en classe... La petite Jasmine a encore été chez le directeur de l'école, et le grand Alexandre passe son temps enfermé dans sa chambre! Et il y a Marc-André. Ce n'est plus comme avant, répète Marie. *Vingt-cinq ans, trois enfants.* Elle n'est pas amère, non, un peu déçue, résignée. Ils s'étaient imaginés à l'abri de la défaite, solidaires de l'image du couple aimant qu'ils projettent à qui voudrait bien la voir. Le samedi, ils prennent leur café en se partageant les circulaires. Marie consulte ceux de IGA, de Métro, de Maxi, de Pharmaprix et de Jean-Coutu et glisse à Marc-André ceux de Canadian Tire, de Marcil, de BMR, de Rona.

Je t'ai vu en ville, Tom. Avec d'autres. Elle a dit, *avec d'autres,* et s'est tue. Elle a pensé *crottés,* c'est certain. Thomas répète, Je pars, Marie. Mais tu t'en vas où? qu'elle lui demande, comme si elle venait juste d'entendre ce qu'il lui a annoncé. Thomas ne lui ment pas, J'sais pas, Marie. Elle paraît surprise. Partir sans destination? Tout doit avoir un but. Quand ils vont à la plage avec les enfants, sur la côte est des États-Unis, le motel est réservé, l'heure du départ comme celle de l'arrivée arrêtées, les repas de la semaine programmés et les valises faites longtemps à l'avance.

J'ai besoin de faire le vide, Marie.

Faut que tu voies un médecin, au plus sacrant, Thomas! Et ta voiture? T'as pris une assurance? Si tu traverses la frontière... Mais tu dis que tu sais pas où... Faire le vide, faire le vide, ta vie est pas assez vide de même? Tu viens chez Michel à soir?

8.

En vieillissant, Michel a réalisé combien le sommeil devenait moins nécessaire. Ses nuits sont passées de huit heures à sept, puis de sept à six depuis qu'il entrecoupe ses journées d'une ou deux courtes siestes. Sommeil polyphasique. La nuit dernière, il s'est couché trop tard, mais le voici qui s'éveille sans brusquerie, tout en douceur. La ville bruit en sourdine et le store est tiré, comme d'habitude. Michel étire le bras et trouve ses lunettes du premier coup. Il tend l'oreille. Quelle heure peut-il être? Il entend le café couler à un rythme régulier dans la verseuse, en perçoit l'arôme. Le journal l'attend dans l'entrée. Parfois, le camelot l'oublie, et Michel demeure alors assis, égaré, à attendre le choc étouffé contre la porte du journal roulé et tenu par un élastique. La poche droite de sa robe de chambre en contient une dizaine, de ces élastiques. Le camelot a un nom à consonance slovaque ou roumaine. Chaque année, l'homme lui laisse une carte de Noël à la calligraphie hésitante, qu'il signe à l'aide d'une règle. Quel âge peut-il avoir? Elle viendra bientôt, cette carte. Michel ressent toujours une relative culpabilité lorsqu'il ouvre l'enveloppe en sachant que, malgré les bonnes intentions qui l'animeront pendant une minute, empli de compassion et d'un altruisme provisoires, il jettera une fois encore la carte au recyclage et ne laissera pas d'enveloppe avec un juteux pourboire au vieux camelot dans la boîte aux lettres. Joyeux Noël quand même. Que font les autres clients, d'ailleurs?

Michel se verse un café, s'assoit à la table de cuisine, met l'élastique dans sa poche et déplie le journal. Il le feuillette distraitement.

Le multiculturalisme est un suicide collectif

Les soupes populaires de plus en plus débordées

Les anti-foie-gras manifestent

Des bouchons de circulation encore pires que l'an dernier

Les automobilistes en colère

Le pont fermé pour deux ans et demi

Les véhicules d'urgence contestent le péage

La «courbe de la mort» reste dangereuse

Projet de loi sur la neutralité de l'État

Démocrates et Républicains réclament plus d'armes

Monter les taxes et diminuer les impôts

Le problème, c'est le chef

Le président Poutine serait atteint d'une forme d'autisme

Il oublie son bébé dans l'auto et appelle le 911

Le tic-tac de l'horloge lui rappelle l'horaire de la journée, qui sera consacrée à la préparation de l'apéro trimestriel où il reçoit amis, collègues et membres plus ou moins choisis de la famille immédiate. Métissage, discussions. Les classes se mêlent, s'affrontent parfois.

Une expérience anthropologique qui confirme la tendance des humains à toujours chercher un terrain d'entente. Un juste milieu où la cohabitation s'articule de manière presque naturelle au sein d'idiorythmies multiples et variables. *Qu'est-ce qui fait s'accorder les gens? D'où vient ce besoin de l'autre et du consensus?* Michel note ça dans son calepin qui traîne sur la table. *Y aurait-il vraiment une dégradation du vivre-ensemble?* Il lui faut maintenant nettoyer, aller à l'épicerie pour les provisions. Depuis quelques semaines, ses journées se résument à peu de choses. Professeur de littérature en sabbatique, il compte utiliser son temps judicieusement. Aucune conférence, aucun colloque de prévus. Pas de groupe de recherche. Have books, will not travel. Un projet d'écriture qui ne semble pas avoir de fin l'occupe, et les ouvrages s'accumulent de chaque côté de son fauteuil que surplombe une lampe murale pivotante à abat-jour de verre plombé. La bouteille de rouge d'hier soir se trouve encore sur la table d'appoint. Michel s'installe confortablement, dépose sa tasse et prend le premier livre sur le dessus de la pile de droite.

© 1987 The University of North Carolina Press
All rights reserved
Manufactured in the United States of America
01 00 99 98 97 7 6 5 4 3
Library of Congress Cataloguing-in-Publication Data

Tichi, Cecelia, 1942-
    Shifting gears.
    Bibliography : p.
    Includes index.
    1.American literature-20th
century-History
    and criticism. 2. Literature and
technology-United States. 3. United
States-Popular culture.
    I. Title.
    PS228.T42T5 1987 810'.9'005 86-16161
    ISBN 0-8078-1715-5
    ISBN 0-8078-4167-6 (pbk.)

Les informations bibliographiques au début de chaque livre confirment l'existence du savoir; il s'inscrit dans un ordre. Rien n'existe sans l'archivage des données. Décompte des ressources et des populations; des vieillards, des malades; des délinquants et des criminels; des villes, des flux, des routes et des quartiers; des communautés, des autochtones et de l'immigration. Grâce à une cote, on retrouvera aussi ses ouvrages dans les rayons des bibliothèques. Michel dépose le livre et ouvre son ordinateur portable pour prendre ses courriels, Regarde ça, Michel. Horrible ce qui se passe au Moyen-Orient. J'espère que tu as l'estomac solide...

La vidéo est en arabe et sous-titrée en anglais. On châtie un homme coupable de vol. Les bourreaux utilisent des machettes rudimentaires qui semblent néanmoins tranchantes. Aucune hésitation, leur technique est pleine d'assurance. L'homme est ligoté, les yeux bandés. Sa tête retombe sur sa poitrine, on le croirait endormi, mais il se réveille quand on lui coupe la main droite. On le tient solidement. Les hommes masqués coupent ensuite la main gauche, un pied, puis l'autre. Clac, clac, méthodiquement. Un des exécuteurs installe des sacs de plastique sur les moignons, les attache, puis on traîne l'homme hors de l'écran. Michel prend une gorgée de café. Il a un goût de chocolat en bouche. D'aussi loin qu'il se souvient – ça remonte à ses années au collège –, le café lui a toujours révélé son arôme de chocolat. Michel allonge le bras en prenant soin de ne pas faire tomber son portable. Il prend un biscuit sur la table de salon, dans le moule à gâteau godronné en fer blanc de fabrication industrielle fin dix-neuvième trouvé chez l'antiquaire Marin. Il place une main sous le biscuit lorsqu'il en croque une bouchée, afin de recueillir les miettes qu'il met dans la poche de sa robe de chambre. Dans l'autre poche, pas celle des élastiques.

9.

Un arc-en-ciel de pilules rythme les journées de Mathieu. Son médecin de famille, cet homme affable, rougeaud et gras, à la poignée de main chaude, lui a prescrit le repos forcé il y a déjà deux mois.

Vous êtes fatigué, monsieur, s'était-il contenté de dire en baissant les yeux vers la pointe usée de ses souliers, tests sanguins en mains, lui épargnant peut-être le verdict tant redouté et ce mot, *dépression,* que Mathieu se serait de toute façon empressé d'évacuer de sa conscience si le médecin avait osé le prononcer.

Mathieu attend le bus à l'arrêt quand son téléphone vibre dans la poche de sa veste, See you later? How about three o'clock? Il sourit. Une femme marche de l'autre côté de la rue, elle gesticule et crie, colérique. Un homme qui promène son caniche la suit. Il s'arrête, l'animal prend la pose et se soulage. Son maître tire un sac de plastique de sa poche, s'accroupit et, d'une main leste, récupère les crottes puis reprend sa marche, chienchien plus léger à ses côtés et le petit sac rempli d'excréments se balançant au rythme de ses pas.

L'autobus s'arrête pile devant Mathieu. Can't wait to see you. Les portes s'ouvrent dans un grand souffle hydraulique. Mathieu monte les marches et colle sa carte sur le lecteur optique. À l'avant, des vieilles cessent leur bavardage et le dévisagent. Au fond, au centre, un Asiatique obèse coiffé d'un mohawk tient une grosse bière dans un sac de papier entre ses cuisses. Sa tête s'incline, oscille de gauche à droite au gré des nids-de-poule. Mathieu s'avance avec précautions en prenant appui sur les dossiers, et s'assoit sur un des bancs du centre, près de la fenêtre.

Les portes tournantes de l'entrée de l'urgence franchies, Mathieu prend soin de se nettoyer les mains sous l'œil maussade du gardien. Dans le corridor, des patients sont couchés sur des civières. Une vieille dame en fauteuil roulant peine à se couvrir avec sa mince couverture – ses bras sont nus, et la peau crevassée tremblote à chacun de ses gestes.

Bonjour.

Près des ascenseurs, un préposé à l'entretien le salue poliment au passage; il s'appuie sur le manche de son balai comme un gardien de but sur son bâton. Il manque deux dents à son sourire, ses cheveux laqués sont peignés vers l'arrière pour masquer sa calvitie.

J'pense qu'on se sauvera pas de l'hiver encore c't'année.

La chambre de son père se trouve au quatrième. Mathieu appuie sur le bouton de l'ascenseur et les portes se referment. Il est seul.

Le deuxième lit est maintenant vide. Les draps ont été changés. Son père dort, branché au respirateur. On a remplacé la valve lésée de son cœur. Ils lui ont ouvert le thorax, dans un grand craquement d'os et de muscles. Une longue couture balafre sa poitrine, et ses côtes sont fracturées. Mathieu peine à le reconnaître. Il a tellement maigri. *Que va-t-il faire maintenant?* Ses animaux, ses champs aux limites de Saint-Hyacinthe, c'était sa vie. Dans la famille, d'aussi loin que la mémoire peut reculer – aux débuts de la lignée en Nouvelle-France –, on travaillait la terre. Le legs s'est arrêté avec Mathieu, fils unique et prodigue. Il a échappé à cette histoire qui menaçait de n'avoir pas de fin. Coordonnateur en ressources humaines. *Le poste de vos rêves!* L'étage est tranquille, une quiétude qui fait contraste avec l'agitation du centre des naissances. L'accouchement de leur premier enfant avait été une catastrophe. Pour Marianne, mais aussi pour lui, spectateur impuissant devant l'horreur de voir sa femme écartelée, en cris et en pleurs – il lui épongeait le front, murmurait des paroles d'encouragement, c'était tout ce qu'il pouvait faire. Lui-même était entré dans le monde d'une façon dramatique, sa tête trop grosse avait déchiré sa mère; il s'imaginait la petite femme s'époumoner à fendre l'âme – elle d'ordinaire si réservée –, hurler des insanités à qui voulait bien les entendre, tout en se jurant – promesse qu'elle allait tenir – de ne plus avoir de sa vie à endurer le supplice de mettre au monde un enfant, se jurant aussi que plus jamais son mari ne mettrait sa queue sale en elle. Cet homme chétif, juste là, sous ses yeux. *On finit comme ça?* Maman, elle, était tombée sous les coups d'un cancer fulgurant. Le teint jaunâtre, les joues creuses, la bouche entrouverte, la respiration sifflante. Mathieu l'embrassait quand même sans dédain, on s'habitue, ce n'était déjà plus sa mère. Elle lui posait des questions sur sa journée. Comment ça s'était passé, ce qu'il avait fait. *Et demain?* Il lui racontait. Elle l'écoutait en tétant un cube de glace qu'elle recrachait par intervalles dans son verre, et qui laissait un filet de bave accroché à ses lèvres. Mathieu tentait d'oublier ce qu'il venait de voir et se concentrait sur son histoire. Maman soupirait et saisissait un autre verre sur la tablette devant elle, cherchant à prendre la paille entre ses lèvres. Mathieu avançait la main pour l'aider, mais elle le repoussait d'un geste brusque. Quand elle parvenait à boire un peu d'eau, elle s'étouffait la plupart du temps et reposait son verre en tremblant. Sans le regarder, elle lui demandait de continuer. Il parlait sans conviction, elle l'écoutait. Ils étaient déjà dans l'après, quand il se serait habitué à son absence, quand il n'y aurait plus rien à raconter.

Mathieu observe son père qui repose en râlant dans le lit. Il n'aurait qu'à se lever et à s'approcher du vieillard. Quel appareil débrancher sans qu'on ne s'en alarme et qu'infirmières et infirmiers n'accourent en urgence? Ou encore, la façon simple, lui faire le coup de l'oreiller; le vieil homme ne se débattrait même pas, il n'en a plus la force, il n'en aurait pas même conscience, interrompu entre deux respirations artificielles.

A-t-il ça dans les mains? Mathieu les considère, inertes et molasses, des excroissances poilues qui reposent sur ses cuisses. Une infirmière entre dans la chambre et lui sourit. Elle vérifie le soluté. Dehors, c'est gris. Un magazine à potins traîne sur la table de chevet, vies et déboires des gens riches et célèbres. Les actrices sont belles et séduisantes, probablement retouchées. Comment étaient-elles au lever, les yeux gommés, les cheveux emmêlés et l'haleine repoussante? L'infirmière lui fait dos. *Qu'est-ce qu'elle porte sous son uniforme?* Mathieu se penche. On entend des voix dans le corridor.

10.

Pas de gym le samedi pour Michel. Quatre séances hebdomadaires suffisent. Il débute par une vingtaine de minutes de bicyclette stationnaire puis enchaîne avec une routine d'étirements pour assouplir sa musculature qui s'apprête à effectuer ces exercices visant à améliorer, sinon à maintenir, son tonus. Il a découpé ses séances en trois scénarios afin d'éviter la monotonie et de maximiser les résultats. À chaque jour correspond un groupe musculaire : les pectoraux sont accompagnés des biceps, les jambes suivent le lendemain, jumelées aux épaules. Il fait une pause le troisième jour, puis reprend avec le dos et les triceps. Le vendredi, il recommence et ainsi de suite jusqu'à la semaine sans entraînement qu'il s'octroie tous les deux mois. Il procède alors à une refonte de sa routine, dont il réorganise les séries et les répétitions, les charges utilisées, le tempo et l'ajout de supersets à l'aide du logiciel qu'il a téléchargé sur son téléphone intelligent – il a pris Hercule0968 comme nom d'utilisateur –, sans pour autant partager ses résultats avec d'autres inscrits. Au gym, il rencontre toujours les mêmes habitués avec qui il a noué une amitié qui se limite aux salutations d'usage et à des échanges courtois de banalités.

L'échangeur d'air qu'il a récemment fait installer ronronne. Il filtre poussières, allergènes et acariens, combat l'excès d'humidité de la salle de bain, les spores et les moisissures, les odeurs persistantes de la cuisine, les polluants de cuisson, l'ozone qui se dégage de l'imprimante et toute trace, la plus minime soit-elle, de dioxyde de carbone que la ville produit à un train d'enfer. Michel ne possède aucun meuble bon marché de mélamine, il n'a donc pas à se soucier de leurs émanations de formaldéhyde. En faisant abstraction du léger vrombissement de l'échangeur d'air, on croirait son grand condo aux murs remplis de livres tout droit sorti du début du vingtième siècle, âge d'or du meuble industriel : des meubles en chêne maillé, des cadres ovales aux vitres bombées qui donnent aux photographies en noir et blanc de son enfance l'illusion d'appartenir à un passé plus lointain qu'il ne l'est en vérité. Certains objets ne manquent pas d'attirer la curiosité des visiteurs, par exemple cette chaise d'aisance en orme avec les appliqués d'origine, dont le pot de chambre a été remplacé par une plante qui fait pousser ses feuilles à travers la lunette. Il était tombé dessus dans une vente de garage à Saint-Damase par un après-midi nuageux, à un endroit où on pourrait s'attendre à tout sauf à cette trouvaille et où les objets hétéroclites et sans valeur avaient été déposés sur deux tables pliantes placées en L avec, à l'extrémité de l'une d'elles, cette chaise incongrue qui l'avait forcé à s'arrêter et à sortir en trombe de sa voiture – il avait dû s'y prendre par deux fois, avait oublié de détacher sa ceinture à la première tentative – pour y voir de plus près, pour se convaincre qu'il n'hallucinait pas l'objet convoité dont la vision l'avait saisi. Le propriétaire endormi sous son parasol Pepsi s'était pratiquement tapé un infarctus lorsqu'il s'était approché de lui et lui avait touché l'épaule. Michel décide de procéder à un tri des bibelots qui s'accumulent. Il les a glanés au gré de ses promenades chez les antiquaires de la ville, de ses visites chez les brocanteurs des Cantons-de-l'Est et des Laurentides, et chez les vieux ermites de la frontière américaine, ramasseurs absolus croulant sous les objets. Le risque de contamination lui interdit désormais de le faire, mais il s'est adonné longtemps, avec d'autres brocanteurs du dimanche, à fouiller dans les granges pour trouver la perle rare parmi les crottes de rats et de chauve-souris, dans l'humidité étouffante et la vieille poussière, les mouches à marde qui lui tournaient autour de la tête. Comme ce gramophone que Thomas a si bien restauré, déniché chez l'incontournable Pomminville – où il se permettait toujours une frite graisseuse baignée de vinaigre et de sel dans un sac de papier brun.

Michel range les piles de papiers qui traînent sur la table du salon. Des années de notes s'empilent dans ses armoires. Un texte mène à un autre, puis à un autre; il a emmagasiné cinq téraoctets sur ses disques durs, alignés sur la tablette numéro quatre de l'étagère numéro cinq du classeur. Il devra bientôt mettre au point un outil de recherche afin d'avoir accès en tout temps à ces écrits qu'il a sauvés d'un oubli inéluctable, thèses, critiques, articles, commentaires et classiques du domaine public.

Il s'assombrit. Ses cours, ses étudiants. Les regards dirigés vers lui qui tombent dans le vague après trente minutes. À la pause, certains s'éclipsent. Ils ont mieux à faire. Ne vaudrait-il pas mieux se taire ? Pendant ses cours, il a l'impression de s'adresser à eux avec la voix d'un autre. Il parle, c'est sa voix, il la reconnaît, c'est bien sa matière – combien de fois a-t-il donné ces cours ? –, mais son esprit reste ailleurs.

Il lui reste encore un peu de temps pour travailler. Michel calcule le nombre de pages qu'il lit à la minute. Compare les résultats. Prédictions et vérifications. *Combien ?* Il programme des semaines, des mois entiers de lecture. À ses premières années d'études, il lisait quatre livres en simultané. Un essai en français et un autre en anglais. Même chose pour les romans. Théorie contre pratique. Les semaines puis les années se sont accumulées sans que les résultats prévus ne soient atteints. Il est en retard. Il est toujours en retard. Les livres se multiplient, il ne compte plus combien il en abandonne en chemin avant de les reprendre un peu plus tard. Un bazar. La pensée n'est qu'un bazar. *Il faut jouer le jeu. Penser, c'est lier. Dire je. Comme une maladie honteuse. Qui parle lorsque c'est la parole de tous qui est convoquée ?* L'écran de son portable affiche deux icônes seulement, celle d'une corbeille et celle d'un fichier nommé *Incipit*. Près de lui, une pile de livres dont il soutire les premières phrases et les assemble afin d'en faire un récit. Proust, Kerouac, Aquin, Stein et les autres. La littérature entière passée au moulin. Il attend quelques secondes que le décompte se termine, en bas, à gauche.

Pages: 1 of 798
Words: 186 200

Longtemps, je me suis couché de bonne heure. The other night I had a dream that I was sitting on the sidewalk on Moody Street, Pawtucketville, Lowell, Mass., with a pencil and paper in my hand saying to myself «Describe the wrinkly tar of this sidewalk, also the iron pickets of Textile Institute, or the doorway where Lousy and you and G.J.'s always sittin and don't stop to think of words when you do stop, just stop to think of the picture better – and let your mind off yourself in this work.» Tout recommençait comme la veille. If nobody had to die how would there be room enough for any of us who now live to have lived. Le temps le temps le temps. None of us noticed the body at first.

11.

La porte se referme derrière Thomas. Des passants se contorsionnent pour l'éviter, il est assailli et navigue parmi leurs slaloms féroces sur les trottoirs, lui, l'objet contondant qui ose se mettre dans le chemin, l'impasse sur deux pattes. L'église est déserte, les cinq cloches n'ont pas sonné depuis longtemps. Fini l'Halloween. Une femme s'affaire dans une vitrine, étalagiste mandatée pour invoquer l'hiver, c'est novembre qui galope vers le temps de fêtes et la joie de vivre, *Oublions en chœur!* Thomas dépasse une rangée d'immeubles négligés, tas de briques effritées au bord de l'effondrement, et évite de peu un morceau de béton qui se détache de la façade. Une flopée de pigeons balourds s'envole en roucoulant, *Poussière, tu n'es que poussière.* C'est peut-être la maladie du béton, il y avait un reportage là-dessus à la télé, l'autre jour. Un peu plus loin, une fanfare semble se mettre en mouvement; la voix du meneur amplifiée par un porte-voix se mêle au rythme des tambours. Monsieur Chose, le fou au sourire dément posté au même coin de rue chaque jour que Dieu amène, hurle en postillonnant sur les passants qui l'ignorent. Thomas continue son chemin en baissant les yeux, mais rien n'y fait, l'homme qui marche dans sa direction l'agrippe par la manche et lui fourre un journal dans les mains en lui réclamant un dollar. Thomas lui rend le journal en le repoussant; le quêteux en accroche un autre, répète le même manège. Thomas continue, brave petit moteur, un pas devant l'autre, esquives et détours. La guitare mal accordée d'un musicien improvisé le fait souffrir, *And so this is Christmas*. Il sent ses doigts geler et souffle dessus. Quelqu'un le bouscule, il entend des jurons. S'adressent-ils à lui? Par prudence, il s'arrête devant une librairie. L'étal qui ferait saliver Michel ne dit rien à Thomas. Il lève les yeux. La caissière du magasin le dévisage à travers la vitre. Thomas lui sourit, comme on le lui a appris, *Agis avec tact, vouvoie ceux que tu ne connais pas, Madame, Monsieur. Aime ta prochaine.* La fille se replonge dans son livre sans lui rendre son sourire.

Tom? Il se retourne. La femme qui a prononcé son nom s'approche, souriante. Tom. Diminutif de Thomas, comme l'autre, l'incrédule de l'Évangile. L'apparition relève ses lunettes fumées – le temps est pourtant couvert – sur des cheveux bruns ramassés en toque, pose ses mains sur les triceps de Thomas et l'embrasse en collant ses joues contre les siennes, en murmurant comme un mantra, Tommy... mon petit Tommy... Julie se tient devant lui, irréelle, les dents blanches, fraîche et élégante jusqu'au bout de ses ongles peints fuchsia, ornés de minuscules trèfles à feuilles blanches. Ses doigts fins, sa peau douce entretenue par les exfoliants et les crèmes, il se souvient de tout ça. Elle porte une fine bague dorée à l'annulaire droit, une autre au pouce. Son manteau à motif pied-de-poule laisse paraître une jupe en laine fine charbon et des jambes gainées de bas collants à plumetis. Elle se tient devant lui, sereine et impossible, enveloppée du seul rayon de soleil qui perce le plafond nuageux. Il aurait fallu que Thomas embrasse avec affection l'air près des oreilles de Julie, mais il reste planté là. Il a pris racine dans le trottoir, les poings enfouis dans les poches de son jeans, à sourire comme un brochet. T'as pas changé Tommy Tom, s'exclame-t-elle. Pourtant oui, proteste-t-il. Ça fait quoi, vingt ans de ça? C'était l'histoire d'un fils de pauvre bardé de cuir à la Maiden et d'une preppy, Pretty in Pink, qui se faisait reconduire à l'école en Mercedes – *Mais qu'est-ce qu'elle faisait avec moi?* Thomas n'a plus rien du gringalet que Julie a connu, sous ses tatouages, il fait cinquante livres de plus et sa barbe rousse est parsemée de gris, mais il est vrai qu'il est resté embourbé dans ses rêves de rock star du dimanche.

Julie agite ses mains, Tes yeux, Tommy, tes yeux ont pas changé, c'est comme ça qu'on reconnaît les gens. Pis je te connais tellement! C'est comme si je t'avais tricoté. Ça fait trop longtemps, Tom, qu'est-ce qui t'arrive de bon?

Thomas décide de ne rien dire, pour son départ. Pas question de s'aventurer avec elle dans un récit étoffé de justifications plus ou moins sincères, au beau milieu d'un trottoir passant. Il faudrait pourtant qu'il retourne la politesse et s'enquière des projets de Julie, mais il ne veut rien connaître de son travail ou de ses amis, ni de sa mère ou de son père pris d'angine. *Comme si elle m'avait tricoté?* Il ne veut pas non plus de nouvelles de Victor, son jeune frère qu'il aimait bien pourtant, ni rien savoir de ses cours de massothérapie, de sa conversion bouddhiste ou de son dernier voyage au Sénégal. Le bavardage de Julie se mêle à l'incessant brouhaha des voitures et des conversations qui font vivre le cœur malade de la ville. *Les grands froids s'en viennent. Va falloir me garder au chaud. Si j'empruntais les grosses bottes à Michel? Pis va falloir de l'eau. De la bière. Un pain, un pot de beurre de pinottes.* Il interrompt Julie au milieu d'une phrase, juste comme un chauffard freine en crissant au feu rouge; il lui prend un bras, hésite, se ravise. Il ne l'embrassera pas, Je dois y aller, et s'éloigne. Julie fixe sa nuque, incrédule, ses mains impeccables croisées sur son ventre, tandis qu'un lambeau de nuage se déplace mollement et fait disparaître le seul rayon de soleil qui tantôt l'éclairait.

12.

Thomas marche sans se retourner et se réfugie dans le métro en descendant l'escalier en vitesse, comme s'il craignait que Julie ne le suive. Il s'arrête à la première station et se dirige sans attendre au dépanneur à l'ombre du pont, en sort avec un six pack sous le bras. Il marche jusqu'à un parc propre et soigné, une pastorale avec statues qui cherche à faire oublier le Faubourg à m'lasse, Le coin du cornet, les Rock Machines, le terrain de jeu des junkies, la cour à scrap de la Ville et les salons de massages à trois mains, c'est pour tous les goûts. Thomas s'ouvre une bière et la cale entre ses jambes. Ses mains sont glacées; il les glisse sous ses cuisses pour les réchauffer. Un couple âgé feignant d'admirer le bronze d'un messager céleste le guette du coin de l'œil. Une ambulance passe en trombe, stridente et colorée. La bière est trop froide; il la termine rapidement, jette la canette derrière lui, se roule un joint et poursuit sa route. Le tapage du tablier du pont s'assourdit. Avant de cogner à la porte de Michel, Thomas cale une deuxième bière, assis dans l'escalier, en observant le vent agiter les branches des arbres. Un enfant en tricycle tourne le coin de la rue. Thomas dissimule sa canette derrière le bac de recyclage du balcon, au même moment Michel sort et le repousse.

Où est-ce que t'as mis ta canette?

Michel dévisage son frère, trouve la canette et la met dans le bac. Il lui fait signe d'entrer et referme la porte en vitesse. Thomas s'écrase lourdement sur le divan du salon. Michel l'observe sans sourire. Il est sale et risque de tacher le tissu du sofa.

Tu sais que j'attends personne avant cinq heures?

Michel se tient debout. Il est long. Des sillons lui descendent du nez jusqu'aux commissures des lèvres. Il sourit, le masque se transforme, et Thomas reconnaît le visage familier jusqu'à ce que son frère se frotte le crâne, impatient déjà. Il songe sans doute à ses cours, à ses travaux. Il a des livres à lire, des communications à écrire. Michel a une vie intellectuelle accomplie, ou réussie, comme on dit de la vie de certains couples.

Thomas lui offre une bière, Il est trop tôt, Tom, proteste Michel. Thomas se lève abruptement et titube jusqu'à la salle de bain. Quand ils étaient petits, leurs parents disposaient d'une salle de bain qui communiquait avec leur chambre. Michel et lui rêvaient d'en avoir une semblable. Ils y auraient laissé traîner serviettes et vêtements, le tube de pâte dentifrice dégobillant sa pâte bleue sur le comptoir du lavabo, près du peigne sale plein de cheveux blonds, leurs étrons mijotant dans la pisse. Thomas referme derrière lui. Une odeur de pot-pourri l'agresse. Il ouvre la porte de la petite armoire de chêne qu'il a offerte à son frère à l'un de ses anniversaires. Les charnières grincent mais le fini à l'huile danoise poncée et à la cire à patiner tient le coup. Les accessoires de rasage et de toilette y sont rangés, dans son relent de vieille chose. La cuvette est impeccable. Aucune tache d'urine, aucun poil. Le rideau de douche a été tiré et le ruban vert pomme qui l'enserre s'agence avec le tapis de bain, les serviettes et le savon. Lorsque Thomas revient, Michel s'est versé une bière dans un de ces horribles bocks bavarois que leur père affectionnait tant.

C'est une nouvelle chaise Morris, ça, Michel? Ça va avec la déco. C'est une vraie, en chêne maillé?

Tout à fait. Siège en cuir, boutons de cuivre d'origine. J'ai aussi le monocle sur le buffet.

Thomas reprend une gorgée et renverse de la bière sur lui. Michel s'interrompt, étudie l'état des choses: le sofa a été épargné.

Tu travailles?

Je travaillais un peu, entre les encans pis tout le reste.

Tu veux dire?

Je travaille plus chez Ménard. Tsé, le gars qui fait du décapage pis de la finition. Me suis fait sacrer dehors. On s'est pognés. C'était pas la première fois.

Il peut pas te sacrer dehors sans préavis!

Michel. Dans les petites jobs de minables comme ça, t'es traité comme un minable par des minables. Quand tu fais pus l'affaire, dehors!

Qu'est-ce que t'as fait, encore?

Tu prends la part de qui, là?

T'étais jamais en retard?

Je restais tard quand je rentrais tard. On avait un accord, à cause de la musique...

Pis des partys...

J'ai jamais volé une crisse d'heure! J'manquais une journée, j'en faisais une double. J'faisais du surtemps à mes frais.

Mais la musique, ça va?

Plus vraiment. J'ai tout vendu au pawnshop. Sauf ma basse. Elle va y passer bientôt.

Mais c'est ta vie depuis que t'as... quoi?... seize ans? pis là c'est fini? Pis les vidanges? Tu faisais un peu de cash avec ça, non?

On a perdu notre kiosque au marché aux puces.

Comment ça?

Mononcle André s'est pogné avec monsieur Vincent.

Le propriétaire?

Ouain.

Et les antiquités?

Pfff! Fini, ça. Les antiquaires ferment touttes. T'as vu la rue Notre-Dame? Tsé que le gros Pomminville va fermer?

Y en a d'autres.

C'est fini, Michel. Maintenant, avec internet, plus besoin d'intermédiaires, les gens s'imaginent qu'ils sont aussi bons que les antiquaires parce qu'ils ont vu une émission à la télévision. Crisse. Monsieur Marin a même de la misère à trouver du stock. Tsé qu'il pense à fermer lui aussi?

Je sais. Il a tout transporté chez lui.

C'est fou comment il peut vivre là-dedans. Un labyrinthe. Il va finir par disparaître. Des gens l'appelaient pour lui vendre du stock pis ils voulaient plus cher que ce que demandait Marin dans sa boutique. Le marché est mort! Mo-mort rayé! Il rajeunit pas non plus, Marin...

Tu te souviens de ce qu'il disait? Dans l'antiquité, faut pas être pressé. Autant pour les trouver que pour les vendre. Le temps est la clé. Faut de la patience. Tu choisis un morceau avec soin, tu le restaures s'il le faut, et Dieu sait s'ils en ont souvent besoin, tu le places en boutique pis t'attends.

Tu fais ta recherche...

... Tu retraces le parcours de l'objet, son histoire, tu détermines son prix.

C'est souvent des objets les plus ordinaires qui ont l'histoire la plus capotée.

Oui... c'est ce qui leur donne leur valeur.

Pas rien que le prix.

Un peu, non?

J'sais pas, Michel. J'm'en vas de toute façon.

Tu t'en vas. Tu t'en vas où?

J'sais pas, comme j'ai dit à Marie. J'm'en vas.

Michel se penche et prend deux nouvelles canettes. Il en tend une à Thomas, sans le regarder. Qu'est-ce que tu vas faire là-bas?

Ils descendent une grande gorgée.

Et tu pars seul?

Tu veux venir avec moi?

Voyons donc... T'as...

J'pars, Michel. J'quitte tout, dis-le comme tu veux, en

allemand ou en serbo-croate, conjugue-le à touttes les temps, j'm'en vas pis j't'enverrai pas de carte postale.

Pas parce que j't'aime pas. Tu le sais.

Je sais.

Tu veux fumer?

Là? Il est quelle heure?

On s'en fout...

Thomas sort son sac et son papier et commence à rouler en prenant soin de ne pas laisser tomber d'herbe sur le divan.

Attends, Thomas.

Michel pousse la table de salon vers Thomas.

Fais ça là-dessus.

On va le fumer ici ou...

Dehors. En arrière. Je vais m'abstenir. Tu viens ce soir?

Non. J'pars demain matin tôt. C'est pas mon affaire, tes partys, anyway, j'suis venu combien de fois?

Michel soupire.

Ils s'installent sur le balcon arrière. Dans les cours des maisons voisines, une succession d'escaliers en colimaçon descendent vers des jeux d'enfants rouillés. Un ballon, une pelle jaune. Une bicyclette verte accotée sur la clôture Frost.

Tu te rappelles sur Sainte-Gertrude? demande Thomas.

Oui. Et quand on avait coupé les tresses de Marie?

Si j'm'en rappelle? J'ai encore les marques de la main de maman sur les fesses...

Pauvre maman...

Ouain...

Tu te souviens quand le petit voisin m'a fait manger du poison à rat?

Une chance qu'il était éventé. Maman avait passé la nuit à ton chevet. Le médecin lui avait dit de te surveiller. Fallait pas que tu... il y avait des dangers de convulsion, si je me souviens bien.

J'sais pas. J'avais quoi? Cinq ans?

T'as fini?

Ils se tiennent côte à côte, silencieux, perdus dans leurs pensées comme quand ils étaient tous deux ticuls, les jambes ballantes qui ne touchent pas encore par terre, la tête dans les nuages, dans les aventures, dans les histoires pas possibles qu'ils s'inventaient et qu'ils finissaient par croire, et leurs manigances qui finissaient la plupart du temps par foirer. Thomas prend Michel par le cou et l'embrasse sur le front. Ça va aller.

13.

La qualité de la photo qu'elle lui a transmise par texto n'est pas très bonne, Mathieu a d'ailleurs dû l'effacer par précaution. Elle a sans doute été prise il y a de ça plusieurs années déjà, à une époque où elle était plus jeune et où elle avait dû être plus heureuse. La définition médiocre de l'image a au moins laissé voir ça; elle souriait de la bouche et des yeux. C'est ce qui l'a séduit peut-être, et qui l'a poussé à se rendre dans ce restaurant qui a conservé son décor des années cinquante. Bien sûr elle ne portera pas son déshabillé noir garni de dentelle. Parviendra-t-il à la reconnaître? Nerveux, Mathieu observe les gens qui entrent dans le restaurant. Sur la photo, elle était assise sur un lit, les jambes repliées sous elle et les mains sur les genoux. Pas jolie, non, pas comme ce qu'on trouve sur le web ou dans les pubs, pas de ce type, mais de l'amateurisme pur, une MILF next door ou quelque chose du genre, Mathieu ne se lasse pas de cette banalité softcore qui fait de chacun un exhibitionniste clandestin. Son inconnue avait les yeux creux et cernés, les cheveux ternes, rien d'elle ne semblait avoir la transparence ou la douceur de la jeunesse, rien pour évoquer la fraîcheur de lait d'une nymphette, plutôt la quarantaine exténuée. Elle paraissait de taille moyenne. Mince, ses chevilles étaient délicates.

Mathieu consulte l'heure sur son téléphone. Quinze heures dix, elle a du retard. Il surveille la porte et les passants à l'extérieur. *Non, pas elle. Et elle?* Celle-ci tient un homme par le bras. *Celle-là?* Elle arrive. C'est elle. Il reconnaît le sourire. Les cheveux sont plus clairs que sur la photo. Le visage est fané, mais la démarche, belle et assurée. Mathieu sent son cœur s'emballer. Ses mains sont moites, il les essuie sur son pantalon. Elle s'arrête devant lui.

Il se lève. Il lui tend une main qu'elle ignore, elle se penche vers lui, pose ses mains sur ses épaules, l'embrasse sur les joues et s'assoit. Il commande un café, elle, un thé. Il l'observe à la dérobée pendant qu'elle parle, sa voix est douce, sans accent, et Mathieu constate avec surprise qu'elle est francophone. Elle a un teint de craie, sa peau est crevassée par endroits, comme si elle avait été façonnée en argile. C'est vraiment beau ici, dit-elle, on dirait qu'on a été transportés dans le temps. Elle allonge soudain sa main, chaude et osseuse, et la pose sur l'avant-bras de Mathieu. Elle continue de parler. Mathieu prend une gorgée de café. Sa main libre à lui repose sur la table, inerte, comme si elle ne lui appartenait plus. L'arborite en surface se soulève à un coin. Les doigts de la femme glissent sur son avant-bras. Il lève les yeux. Elle l'observe en souriant.

Est-ce que tu aimes les chats?

Vas-tu souvent au cinéma?

Aimes-tu les longues marches sur la plage?
Les couchers de soleil?
Voilà ce qu'il faut demander. *Fait-elle souvent de telles rencontres?* Elle a un mari dans le placard, ils sont peut-être échangistes. *Divorcée?* Ce n'est pas du tout la même chose. *Texte-t-elle des hommes au hasard pour les rencontrer et assouvir... quoi?* Et si c'était une folle? Mathieu a tout à coup envie de sacrer son camp. Il rit nerveusement, ne saisit que des bribes de ce qu'elle lui raconte. Il serait si bien chez lui, devant la télé. Pourquoi s'être aventuré là-dedans? Elle termine son thé et dépose sa tasse dans la soucoupe, s'essuie doucement les lèvres à l'aide d'une serviette de papier qu'elle place avec soin sous l'assiette.

Tu attends quinze minutes et tu viens me rejoindre là, dit-elle en lui remettant le nom d'un motel et une adresse sur un bout de papier. Chambre 201, ajoute-t-elle en se levant. Elle met son manteau et sort sans le regarder, accueillie à l'extérieur par une bourrasque qui la décoiffe et s'engouffre dans le restaurant. Mathieu termine lentement son café froid. Vingt minutes plus tard, il cogne à la porte de la chambre 201.

14.

Marie et Marc-André ne sont jamais en retard. Michel opère selon ses règles et la ponctualité est une des conditions d'existence du protocole pour les apéros chez lui; la famille n'a rien à voir là-dedans, pour une fois.

Marco, on arrive toujours les premiers. Là on prend notre temps. On fera un plus long tour de char, on fera le tour du bloc s'il le faut, je sais pas, mais on arrivera pas les premiers chez Michel.

Marc-André acquiesce sans regarder Marie.

Garde les yeux sur la route.

Est-ce qu'il va y avoir encore juste des collègues à ton frère au party? Ce sera pas seulement nous autres, j'espère...

Marie ne répond pas.

On va encore finir la soirée à jouer à Quelques arpents de piège, j'te gage.

Marc-André...

Câlisse.

Ils ne sont pas les premiers arrivés, des groupes se sont déjà formés dans la cuisine et au salon. Deux invités se retournent à leur entrée; un homme fait mine d'observer la décoration du salon.

C'est vraiment beau chez toi, Michel.

Regarde ce tableau, dit Michel en le prenant par le bras.

Les enfants hésitent dans l'entrée.

Michel! le tance Marie, viens nous dire bonjour.

Elle tend son manteau à Marc-André qui enlève ses bottes et perd l'équilibre. Un homme à proximité l'attrape sous le bras comme il allait tomber.

Wow! Merci.

C'est de l'art!

Marc-André finit d'enlever sa botte. Ils se donnent la main.

Salut Marc-André.

Mathieu. Tu me sauves la vie!

Comme toujours!

Pis si c'est trop plate, on ira aux danseuses!

Les enfants se regardent, dégoûtés.

Marc-André!

Marie met prestement les mains sur les oreilles du petit pendant que les deux plus vieux rigolent.

Ben restez pas plantés là! insiste Michel qui arrive.

Avec le temps, les collègues de Michel en sont venus à apprécier le couple singulier que forment Marie et Marc-André, cet homme sans culture qui construit des meubles en mélamine. Ils se joignent aux autres dans la cuisine. Marie ouvre la porte du réfrigérateur.

Y a pas de Coors Light?

Tiens, prends ça, dit Michel. Tu vas l'aimer. Elle est douce.

C'est quoi?

Mathieu profite d'une brèche dans la conversation entre Marianne et Michel qui, pour une fois, porte sur les petits drames du quotidien et non sur quelque auteur obscur ou les colloques qui les emmènent tous aux quatre coins de la planète. Ce soir il ne se contentera pas de risquer un sourire d'approbation ou une moue de mécontentement pour montrer son appartenance au groupe sans trop savoir de quoi ils parlent. Il se lance.

La semaine dernière, ma fille...

Sa voix est mal assurée, il aperçoit Marianne qui l'observe avec méfiance se risquer dans son aventure oratoire, mais voilà. Il parle, un peu hors de lui. D'après ce qu'il peut en juger, il ne dit pas d'insanités.

... Tu peux bien laisser faire, que je lui dis...

A-t-il parlé trop vite? C'était un peu court, peut-être. Bruno, qui s'est joint à eux, enchaîne.

Moi c'est quand la petite s'est cassé un doigt. Le ciel nous est tombé sur la tête. Le trafic sur la 20, pas d'air conditionné dans l'auto, la petite qui pleure et qui croit qu'elle va perdre son doigt.

Elle était sous le choc, dit quelqu'un.

Sous le choc? Sa mère était pire. Elle s'en prenait à l'humanité entière et à moi en particulier.

T'étais pas à la maison?

Oui, j'étais à la maison, une communication à terminer. Bref, le trafic... non... ouais, ma blonde m'en voulait de ne pas avoir surveillé ma fille... Les enfants n'ont même plus le droit de se faire mal... non merci... j'ai déjà mangé...

Oh! C'est quoi?

Des pailles au parmesan.

Je peux en prendre deux?

... C'est comme si on avait de la difficulté à concevoir que nos enfants puissent ne pas être heureux...

Marianne est interrompue par Stéphane, déjà un peu ivre, qui renverse de sa vodka martini sur les souliers de Sophie.

Moi, c'est quand je me suis déboîté l'épaule.

Celle-là? dit Bruno

Et maintenant? Mathieu reste là en faisant des ronds de pieds. Et s'il s'éclipsait? Remarqueraient-ils seulement son absence?

Non, l'autre, arrêtez de m'interrompre... Donc. Mon chum Pat appelle l'ambulance. Je suis dans la chambre des joueurs, j'enlève mon stock, je m'habille du mieux que je peux. L'ambulance arrive. Ils m'attachent sur la civière, me sortent de l'aréna, et là, arrivés dehors, je les entends gosser avec la porte arrière puis se parler à voix basse. Un des deux sacre. Ils viennent me voir, *Monsieur, désolé, les portes sont barrées et on a oublié les clés à l'intérieur...*

Non?

Je te dis! C'est des trucs qu'on invente pas.

Pauvre toi...

Audrey se joint à la conversation. Elle prend Stéphane par le bras, lui flatte le dos. Mathieu pousse du coude Marc-André et se penche à son oreille.

Regarde ces deux-là.

Je sais. C'est certain qu'ils vont finir tout nus dans pas long!

Les beaux hors-d'œuvre!

Menoum! C'est quoi?

Pizza alsacienne.

Oui, je vais en prendre.

Passe ça ici, Marie!

La soirée avance. Mathieu termine d'un trait sa bière, elle est chaude, quand son téléphone vibre, It was nice meeting you. I want more. Il remet le cellulaire dans sa poche; Marianne discute avec une collègue.

T'as goûté au rouge? Vraiment bon!

Oui, oui, je le goûte. La collègue se rince la bouche: Ça goûte le fond de cendrier.

Le tabac. Et le cuir, rectifie Marianne.

Ça goûte la vieille sacoche!

Elles rient.

On passe des canapés, on remplit les verres. Le condo est bondé.

... On vit dans une société post-littéraire.

Post-littéraire? On n'a jamais tant écrit, Michel.

Michel, il y en a d'autres qui arrivent, l'avertit Marie en passant. Je sais pas où tu vas les caser.

Une femme vient d'apparaître dans le vestibule de l'entrée, elle enlève son manteau et l'accroche à la patère.

... C'est un de ces livres, tu sais, qui prétend aborder la littérature du terroir sous un nouvel angle, mais un sentiment de déjà-vu s'installe, avant qu'on réalise qu'effectivement...

Excuse-moi un instant, Gilbert.

Michel se dirige vers la jeune femme. Il surveillait la porte du coin de l'œil depuis quelque temps déjà.

Laurence!

Il la serre dans ses bras sans l'embrasser.

Content que tu sois venue.

Thomas? Il est vraiment parti?

Oui.

... Moi aussi, ça m'arrive, je pense à un passage que j'ai lu puis je me rends compte que c'était pas dans le même livre... il y a une telle répétition parfois...

Sans parler du cinéma.

Ou de la musique.

Et le sexe. Le sexe! Toujours la même chose! Ça finit toujours pareil.

Tu t'y attendais?

Un peu.

Il va revenir?

Cette fois-ci, pas certain.

Laurence embrasse Michel sur la joue.

Si tu veux parler.

Oui. Quand tout le monde sera parti.

Laurence lui sourit.

Il fait chaud ici! Michel, t'as pas de lime? Oh, scuse! Salut Laurence! Michel, t'as pas de lime. Marc-André doit aller à l'épicerie. Marc-André?

Il arrive derrière Marie, la prend par la taille.

Ah! T'es là! Coudonc t'es déjà chaud? Marc-André, tu m'as compris, tu vas au dépanneur, je vais te faire une liste. T'es belle aujourd'hui, Laurence.

Oh, merci!

Mon changement d'huile va attendre Michel, ça m'a tout l'air.

T'allais pas faire ça demain?

Ben non, Michel. C't'une joke. Un running gag... C'est le bordel dans mon garage anyway.

... Le bonheur... C'est devenu un droit, pire, un impératif.

J'veux pas péter votre bulle, les grands penseurs, mais va falloir aller à l'épicerie, pas question de faire venir de la pizza, non non, Marc-André va y aller. Marco tu veux aller à l'épicerie? Michel a rien dans son frigidaire, amène les enfants avec toi. Michel, t'as pas de lime? Avoir su j'en aurais apporté.

J'ai de la lime dans mon sac, dit Laurence.

... Tinder, par exemple, tu vois: les êtres humains sont devenus interchangeables, non?

Merci Laurence! Qui a jamais pensé acheter de la Corona sans acheter de lime?

... Le corollaire de la mort est l'oubli.

C'est pas moi qui a acheté la Corona, c'est toi, dit Michel.

Des objets?

Qui a de la lime dans sa sacoche?

Corollaire, Corona...

Michel, une chance que t'as pas d'enfants, ils auraient l'air de quoi, ça irait à l'école la guedille au nez!

Devrais-je te remercier?

Mon Dieu on dirait un livre qui parle, Michel t'es pas dans un livre. Parle comme du vrai monde!

Un ivre qui parle?

Minute! Donne-moi ta lime, Laurence. Qui se promène avec de la lime dans sa sacoche?

Je suis allée à l'épicerie. J'avais besoin de lime pour une recette.

... L'humain est une chose parmi les choses.

Bon. Est-ce qu'on joue?

Tu attends, Jasmine. Marc-André! Faut que Marc-André aille au dépanneur!

Et des nachos? dit Jasmine.

Des nachos! ça c'est ma fille! J'y avais pas pensé. Michel?

Mais j'ai des pâtés, du pain, des fromages...

On veut jouer, insiste Jasmine.

T'achèteras du mozzarella.

J'en ai, Marie.

T'as des piments verts et rouges?

Des poivrons? Oui.

T'as des olives noires et des tomates?

Des tomates oui. Regarde, il y en a sur le bord de la fenêtre. Des olives non.

T'achèteras des olives noires et des nachos.

Des olives noires? Pas des vertes? proteste Marc-André.

Non c'est meilleur avec des noires et...

De la bière...

Et de la bière, oui, bien sûr Marc-André, on va en manquer, t'emmènes les enfants avec toi?

Non, je veux pas les emmener! Julien est dans la chambre de Michel, il regarde un film. Ils sont corrects ici. Ils s'amusent. Pis c'est plus des enfants, câlisse.

Bon, on a quand même Michel une bière à la main icitte, dit Marie, faudrait prendre une photo. Jasmine tu dois avoir ton iPod passe-moi ça ici j'vais en profiter pendant que tu prends pas de selfie. On sourit!

Cheese!

Fromage!

Non merci, je suis intolérant au lactose.

Tu vas au dépanneur, Marc-André? Oh! j'oubliais.

De la salsa, de la salsa douce.

Crisse, faut que j'achète combien de sacs de nachos?

Sacrament, j'm'en vas pas faire l'épicerie!

Ah! Marc-André! Allez, voyons donc. Deux sacs, non, trois, pis de la salsa médium, deux pots.

On aurait été aussi bien de commander de la pizza...

Redonne-moi mon iPod, maman!

Non, mais tu attends.

J'ai faim.

Moi aussi j'ai faim, dit Alexandre qui vient aux nouvelles.

Vous êtes drôles vous. On prépare le jeu?

Ben, on va pas manger avant, maman?

Pendant? s'essaie encore Alexandre.

Ça va salir le jeu.

On aurait dû faire venir de la pizza.

Eille, fais pas ton Marc-André, toi.

Mathieu observe la saynète qui se joue devant lui. Il ne perçoit plus du brouhaha qu'un bourdonnement, des voix qui se traversent, capte une bribe ici, une autre là. Marc-André s'interpose.

Tu viens au dep avec moi? On sort d'icitte un peu.

... Je-te-dis! Les itinérants sont une plaie pour la ville. Pas bon pour le tourisme, pour l'image. Une menace à la sécurité... et ils sont porteurs de maladies.

On n'est plus au Moyen Âge, François...

On a des statistiques?

Sur le Moyen Âge ?

Non, sur la dangerosité des mendiants.

Des mendiants ? On dit des itinérants... pas des mendiants.

Faudrait définir.

T'es tellement de droite, Mélanie...

Oh là !

Non, non, laisse-moi finir...

Non, mais, de droite, quand même...

T'es une réactionnaire.

Faites attention. Son discours est répandu. Ce sont des gens qui sont considérés sans valeur d'usage. On érige la performance et l'efficacité en valeur suprême ici.

On les écarte, on les cache ou on s'en débarrasse.

On les brûle parfois.

T'exagères ! Les déchets, on les brûle. Pas les humains !

N'empêche... Ça s'est déjà vu ou ç'a été pensé.

Il y a un gars au hockey la semaine dernière qui disait qu'on devrait ramasser les itinérants, les brûler et en récolter la graisse pour en faire du savon.

Tu te tiens avec du beau monde !

... Les déchets, on les accumule dans des décharges, loin des limites des villes, pour ne pas nuire aux vivants.

Picasso a visité des décharges publiques afin d'y puiser de la matière pour sa Chèvre.

Voyons donc.

Ça, c'était être avant-gardiste.

Pfff ! L'avant-garde. C'est fini, ça !

No way !

Tout à fait, il n'y a plus de libre arbitre.

Il n'y avait pas des chips au barbecue?
Les enfants se sont jetés dedans!
Les enfants, c'est rien que du trouble!
T'exagères pas un peu?
Ça manque de poésie, ton affaire.
De poésie? Pourquoi pas de bonheur!
I.B.M. Indice de bonheur mondial.
... IBM. Mon premier ordinateur était un IBM. DOS.
Des grosses disquettes molles. C'était nul.

Laurence baisse la tête et soupire, regarde à gauche, puis à droite. Elle repère deux filles avec qui elle avait un cours la session dernière. Michel parle maintenant avec Marianne. Elle s'approche.

Oui, faites comme chez vous... Je me libère de mon rôle d'hôte. J'ai du rouge, là... du blanc au frigo... oui... Tu disais? Oui, d'accord. La question se pose. L'homme économique. Des économistes ont même transposé les théories néolibérales à l'ensemble des rapports humains.

Oh!

Ça vient de Becker.

Oui. Justement. Merci, Laurence.

Les relations humaines comme transactions marchandes?

Exactement, mais ça va plus loin. Becker aborde en particulier la question de la criminalité. Le criminel, considéré sous l'angle économique et non plus sous celui de la morale. L'acte criminel comme mode d'échange. Quel gain peut apporter le crime au criminel par rapport à la peine qui le menace?

Quel type de crime? Un meurtre?

Un meurtre, ça n'a pas de sens.

Bonyenne! C'est sérieux, icitte.

Eille, Marc-André, t'es pas censé aller au dépanneur?

Je finis ma bière. Mathieu? Il est où?

Deuxième journée

15.

Il est six heures et des poussières, Thomas ne se rappelle pas la dernière fois qu'il s'est levé si tôt. Dans son sac à dos, il a mis six bières, des spaghettis en conserve, une bouteille d'eau, un pain, du beurre d'arachide, des bas, des caleçons et du duct tape. Il marche jusqu'à sa voiture; il passe sous les lampadaires, son ombre sur le trottoir glisse sous lui et réapparaît à l'avant, inlassablement. Un chat rachitique surgit en miaulant et se frotte sur ses jambes, le dos arqué. Thomas s'accroupit pour le flatter. Il a le poil huileux, une incision encore saignante entaille son museau. Thomas se relève puis s'arrête, l'animal suit au trot, s'assoit, regarde autour de lui, donne quelques coups de langue agressifs là où la main l'a flatté et s'en retourne, englouti par la ruelle. Thomas ouvre la portière de la Buick, lance son sac et son sleeping bag sur la banquette arrière et s'installe au volant en souhaitant que l'engin démarre – ça fait quand même une semaine qu'il ne s'en est pas servi. Il se roule un joint à la hâte – de l'herbe tombe sur ses jeans –, met le contact et embraye. Même endormie, la ville garde son visage scintillant de polichinelle – les grands panneaux de signalisation verts, sous les phares, ont l'air sertis de diamants -, elle se dérobe, s'efface progressivement comme l'étoile du Nord à l'équateur, un point mort dans le rétroviseur, et la ligne de fuite à l'avant.

Droit devant, comme dans les films, *On the Road* en blues mineur. La route se décline en une bordée de vallonnements flanqués d'arbres décharnés et d'épinettes. Thomas longe des champs, des boisés. On dirait qu'il croise les mêmes affiches et les mêmes noms de villes – c'est le chemin des saints et des saintes qui ont tout abandonné derrière eux, courons, courez, jupes et soutanes au vent, fuyez commerces et maisons, il n'y aura pas de miséricorde! Il roule plein nord, engourdi par la pulsation du cœur mécanique, le frottement des roues de l'épave, les clink-cloc-cloc-toc qui fusent de partout et qui lui vrillent les tympans. Aucun véhicule ne le dépasse, il est seul sur le chemin à gratter le bitume. Sa tête s'alourdit, Thomas s'endort, dévie de la voie, se remet en selle d'un coup de volant. Il se gifle et abaisse la vitre. Il allume la radio pour masquer le vacarme de la ferraille et fait glisser la barre orange à la recherche d'un bruit nouveau, d'une voix inconnue qui lui parlerait dans sa langue de choses qui lui sont inconnues, mais il ne capte que de la friture. Pas de match de hockey ni de bulletin de nouvelles, même les tribuns enragés et les chanteurs country se sont tus.

Le coffre à gants est rempli de vieilles cassettes qui attendent qu'on les rappelle à l'existence. Thomas enfonce dans le lecteur la première qui lui tombe sous la main. L'automobile s'emplit d'une musique douce, une voix grave, mélancolique, accompagnée par une guitare sèche, ce n'est pas ce à quoi il s'attendait, mais il laisse jouer. La voiture avance toute seule, comme si elle savait où l'emmener, elle a oublié ses origines, le vacarme de la chaîne de montage, et avale les villages qui déboulent dans le rétroviseur.

Il s'arrête devant une bâtisse de brique brune éclairée par un unique lampadaire. Sur l'affiche délavée, on peut encore lire le mot Gouvernement. Un drapeau du Québec en lambeaux claque au vent sur le toit. Thomas sort de la voiture, fait quelques pas sur l'asphalte fissuré en sifflotant pour se donner une contenance, *je suis là, je suis ici,* s'approche d'une fenêtre cassée et se penche dans l'ouverture. Une partie du plafond intérieur a été arrachée. Devant un tableau blanc, un grand bureau trône au centre de la pièce; des papiers en boule tombés d'une poubelle renversée, des écrans d'ordinateur et des dossiers empilés pêle-mêle gisent sur le tapis usé par les pas des fonctionnaires. Thomas déboutonne son pantalon et se soulage sur le mur de brique. Le vent se glisse dans sa veste de cuir, sous son chandail, il frissonne.

Avant de réintégrer son siège, il s'étire pour faire disparaître l'ankylose entre ses omoplates. Rien ne sert de courir, la ville est loin, elle ne te rattrapera plus! En fouillant dans le cendrier, il retrouve une moitié de joint qui suffira à soulager les douleurs et peut-être la somnolence qui le gagne. Il s'ouvre une bière et en renverse sur son chandail. Ça sent les soirées de son adolescence dans l'habitacle, une fille se rapproche, leurs cuisses se touchent; il lui effleure le bras tandis qu'elle appuie sa tête contre son épaule. Il se penche vers son visage et l'embrasse, l'haleine de la fille sent la cigarette et la bière, sa langue s'enroule autour de la sienne pendant que joue à tue-tête *The Number of the Beast*.

16.

Marin tente d'apercevoir l'intérieur de la boutique par la petite ouverture dans le papier kraft qui couvre la vitrine, sur laquelle il est toujours écrit Marin Antiquaire, en grosses lettres jaunes disposées en arc. En plissant des yeux, il perçoit de la lumière dans la pièce du fond – on aura laissé allumé le plafonnier. De toute façon, il ne reste plus rien, tout a été emporté en deux, trois, peut-être quatre voyages à l'encan, et le reste, sauvé des eaux du déluge et remisé dans les derniers recoins vacants de son appartement surchargé, de la mémoire de bas en haut, une souvenance bancale et éclectique. Le plancher de fines lattes de merisier qui datait de la fin du dix-neuvième siècle a été remplacé par de la céramique. Marin se souvient de l'odeur de renfermé qu'exhalent les vieux meubles, il revoit ses clients – monsieur Lepage, le chirurgien qui passait chaque samedi matin pour prendre le café, tradition qu'il n'a pas manqué d'honorer même après avoir aménagé sa maison et son chalet des Laurentides avec des antiquités que Marin lui avait dénichées; madame Reinhart, l'avocate collectionneuse d'œuvres d'art, et tous les autres, Maurice,

Serge, madame Beaudoin, Michel, son grand intellectuel, et sa fidèle Suzanne, qui avait décapé tous ces meubles dans la cave de la boutique. C'est sans doute là qu'elle avait développé le cancer qui lui a ravagé les poumons. À l'une de ses dernières visites à l'hôpital, Marin lui avait avoué son remords de l'avoir fait travailler dans un environnement insalubre, mais elle lui avait demandé de se taire, encore heureuse au souvenir de ces journées passées seule à la lumière falote de la cave, ces quelques vingt années où elle s'était sentie pour la première fois libre après des années d'errance.

Marin se gèle les pieds à patauger dans la neige avec ses loafers. Il hésite sur le trottoir glissant. Un père et son enfant, de l'autre côté de la rue, s'arrêtent, Il fait quoi le monsieur?, pour observer l'homme rondelet qui amorce une gigue nouveau genre, avec force moulinets de bras pour garder l'équilibre. Ça ne dure pas très longtemps, quelques secondes tout au plus, mais c'est suffisant pour que la chienne gagne Marin, averti des douleurs qui vont le travailler. L'homme et l'enfant continuent leur chemin quand il retrouve pied. Les bras étendus comme un funambule sur son fil, il attend que plus rien ne bouge, puis avance à pas lents jusqu'à son logement dont la porte donne sur le trottoir. En cherchant les clés dans la poche de son manteau, il sort d'un vieux kleenex rempli de morve séchée une gomme qu'il s'empresse de mettre dans sa bouche. Parvenu sur son palier, il cherche en tremblotant l'interrupteur de l'entrée. Même éclairé, l'appartement reste sombre. Le vieil homme se faufile entre les meubles qui s'entassent du plancher au plafond jusqu'à la cuisine, encombrée de sacs de plastique, de coussins, de tupperwares, de quatre ou cinq vieux extincteurs, d'un coffre à losanges rouge sang de bœuf, de piles de journaux et de cartons dont l'un abrite un chat qui miaule à l'approche de Marin. Il se penche pour le flatter. Son dos le fait souffrir. Il se rend jusqu'à son vieux fauteuil élimé sur lequel deux autres félins sont couchés et les chasse pour s'asseoir. Un liquide malodorant s'écoule d'une des boîtes de nourriture qui jonchent le plancher – un reste de ragoût de poulet Fancy Feast ou de festin au saumon Whiskas –, il la tasse du pied. Un autre chat bondit sur le dossier. Marin pousse un long soupir, le chat s'avance et frotte le côté de sa gueule contre le plat de sa main. L'homme passe les doigts dans le cou de l'animal, lui tire une oreille, il allume la lampe à sa gauche, glisse sur son nez les lunettes de lecture qui pendent à son cou, prend un livre et l'ouvre au hasard.

Aux premières heures du peuplement, la marmite de cuivre reste un apport important à tout jeune ménage. À Québec, le 16 novembre 1637, Abraham Martin et son épouse, Marguerite Langlois, se rendent chez le notaire Jean Guitet pour parapher les conventions matrimoniales de leur fille, Marguerite, avec Étienne Racine, dont le père, René, habite Fumechon, en Normandie. À la future communauté, la promise apporte divers ustensiles, notamment «Une grande marmite de cuivre» qui vaudrait quatre livres. Abraham Martin laissera son nom à la célèbre plaine où s'est joué le sort de la Nouvelle-France.

Marin dépose le livre sur ses cuisses, et prend sur la table basse la bouteille de scotch et son verre. Avec précaution, le chat descend du dossier jusqu'à l'accoudoir et se couche sur le livre.

17.

Thomas ouvre les yeux, amorce une sorte de pivotement et grimace quand la douleur le pince de nouveau. Son somme n'a rien arrangé. Un soleil intermittent perce entre les branches d'un arbre du parking et fait briller les gouttelettes d'eau sur le pare-brise embué. Il sort, s'étire, reprend place au volant, démarre la voiture et s'engage sur la route. Le ciel s'assombrit. Les nuages s'amassent à l'horizon. Il croise un autre village qu'on croirait abandonné par ses habitants. Des cordes à linge nues, des boîtes à fleurs évidées et des voitures en pièces gisent dans les arrière-cours de terre boueuse. Il aperçoit les deux pompes rouillées d'une station-service.

Une voiture est stationnée près de l'entrée. L'employé de la station d'essence, les pieds calés sur le comptoir, regarde la télévision. Thomas fait tinter les clochettes de la porte et le salue. Il répond par un grommellement sans tourner la tête. On entend le néon du plafond grésiller et une cassette qui grince dans le VCR. Quelque chose travaille Thomas, *il manque de quoi,* lorsqu'il remarque que l'endroit est vide du dispositif qui le caractérise d'ordinaire: présentoirs, chips, machine à café. Il se penche au-dessus du comptoir pour voir ce qui joue à l'écran. Le pompiste saisit la télécommande, arrête le film et le dévisage. Il grimace – c'est peut-être aussi un sourire. Il a un œil croche et un duvet blond s'accroche timidement à sa lèvre supérieure. Ce n'est qu'un enfant, seize, dix-sept ans peut-être. Il relance son film et se tourne vers le téléviseur.

Mets quatre-vingts piasses sur le comptoir pis va remplir ta tinque. J'vas te redonner ton change après.

Il s'étire pour évaluer la voiture de Thomas avec son bon œil, Tu vas où avec ta réguine?

Thomas dépose quatre-vingts dollars sur la table et se dirige vers la pompe. Lorsqu'il en revient, l'adolescent prend l'argent, fouille dans la petite caisse, lui rend la monnaie et retourne aux rires gras qui couvrent le grincement de la cassette dans la machine. Thomas le remercie, il ne répond pas. Peut-être n'a-t-il pas entendu. Thomas demeure un instant sur le seuil. La porte se referme et vient buter contre son dos.

Il a l'impression que la Buick va se défaire, roues, calipers, bearings, tout menace de se dessouder, elle tangue sur la route secondaire parsemée de trous que Thomas évite de peine et de misère, en comptant les bestioles écrasées. Il longe des champs labourés, des flaques de glace, de l'herbe morte, parcimonieuse, un dégradé de terre battue et de fouets jaunes à la tête lourde qui dodelinent dans les bas-côtés. Une forme animale se déplace au loin, près d'un arbre unique.

Thomas arrive au village, un rassemblement de bâtisses le long de la rue principale étroite et déserte. Il trouve rapidement un hôtel et se gare devant l'entrée. C'est une maison à la peinture écaillée et flanquée d'une galerie vermoulue; la poutre à l'extrémité droite de la corniche menace de se disloquer et de tout faire s'écrouler dans un fracas de pourriture. Les marches de bois qu'il gravit sont délavées par la pluie, le vent, la neige, la grêle et le soleil. *John Wayne, nous voici.* Il pousse la porte. Une fille à la réception se ronge les ongles et tourne nonchalamment les pages d'un magazine. Elle sourit à son entrée et se relève, le dos un peu voûté. Sa peau est très blanche et parsemée de taches de rousseur. *Elle a quel âge? Trente ans?* Elle porte en collier ras du cou un ruban noir orné d'une grosse étoile argentée. Les clés des chambres sont toutes accrochées à leur place assignée au tableau derrière elle.

Salut!

La fille lui tend un crayon et un formulaire à remplir. Thomas lui effleure les doigts par mégarde. Elle incline la tête et ses paupières se ferment à demi. Thomas remarque son piercing à l'arcade sourcilière. Il regarde furtivement son cou et les petites veines bleues qui serpentent sous sa peau translucide qu'il aimerait toucher.

T'écoutes du métal toi aussi?

La barbe et les tatouages dans son cou et sur ses mains ne mentent pas, *élémentaire, mon cher Watson.* La fille écarte les pans de sa veste de laine – une veste qui pourrait appartenir à son arrière-grand-mère – pour lui montrer son tee-shirt de band local où des serpents s'agitent dans les yeux d'une tête de mort.

Ils jouent à La Taverne à soir.

La taverne?

C'est pas loin. Tu prends la principale et tu files tout drette. C'est facile.

Numéro de licence?

Laisse faire ça. C'est pas grave.

Elle dépose la monnaie dans sa paume, délicatement, d'un geste souple, en lui effleurant les doigts à son tour.

Tu vas venir à soir?

J'sais pas. On verra.

Elle lui remet sa clé, enlève sa veste de laine et la dépose sur sa chaise, dévoilant un long cou élégant et des épaules étroites. Elle est maigre, diraient certains. Ses cheveux roux sont coupés à la garçonne. Près de l'escalier, Thomas attrape un sac de chips aux vinaigre et un six pack de bière dans le frigidaire réservé aux clients.

La bière sous le bras, Thomas monte à la chambre. L'escalier, sec de plusieurs générations, incline vers la droite. Une fois à l'intérieur, avant même d'allumer, Thomas laisse tomber son sac sur le tapis et s'évache lourdement sur le lit. Le matelas s'enfonce sous son poids et le plafond semble vouloir fondre sur lui. Il ouvre une canette et le sac de chips, allume la télévision, qui ne capte rien. Il termine sa bière, en ouvre une autre, se déshabille et se rend à la salle de bain en pigeant une grosse poignée de chips qu'il tente d'enfourner d'un seul coup dans sa bouche. Des miettes tombent sur le prélart effiloché qui frise près des murs. L'eau du robinet est tiède, Thomas ajuste la température jusqu'à ce qu'elle devienne brûlante, pisse dans le bain, ferme les yeux et laisse le jet de la douche lui masser le crâne. La douche terminée, sans s'être essuyé, il entrebâille la porte de la chambre et se tient nu dans l'embrasure avec sa bière, l'épaule contre le chambranle. Le tapis du corridor, élimé au centre, se perd à gauche dans l'éclairage d'une ampoule vacillante. Ce doit être l'heure du souper – il entend une musique et de la vaisselle qu'on bardasse, en bas. Il referme la porte, entame une autre canette et se recouche sur le lit, gommé de fatigue. Il se trouve encore à cheval sur la ligne pointillée de la route quand il consulte sa montre: dix-neuf heures trente. L'aiguille des secondes n'avance plus. Il cogne la vitre, secoue le poignet. Rien.

18.

Un spécialiste d'une discipline quelconque vient de déchirer sa chemise en direct à la télé; Mathieu avait éteint le volume, il n'a rien entendu. En levant la tête de l'écran de son portable pour regarder celui du téléviseur, il a intercepté l'image de l'homme qui, dans un geste d'une théâtralité démesurée, a retiré sa chemise pour la jeter à la caméra – elle n'atteint jamais la cible –, pour ensuite se figer, debout, les mains sur le bureau, haletant, fixant de ses yeux exorbités les spectateurs subjugués, choqués ou hilares jusqu'à ce qu'on passe à la pause publicitaire.

Il sélectionne une autre fenêtre. On y voit une fille dans une cuisine, devant son comptoir et son grille-pain, le réel dans son essence la plus pure ou presque, si on fait abstraction de la petite mise en scène qui s'offre – la camgirl a pris soin d'ajuster l'éclairage afin de mettre en valeur son corps qu'elle dénudera bientôt. Elle a choisi des vêtements appropriés, mini-shorts en jean et chandail moulant – elle a vu aussi à ce que la caméra l'embrasse en entier, de la tête à ses pieds nus, elle sait comment les hommes les aiment : le talon ou la voûte du pied qui se détachent d'une sandale légère, les orteils retroussés. Ses mamelons pointent à travers son chandail. Elle se déhanche avec lenteur, presque timidement. Ses mains glissent sur ses cuisses musclées, elle pince un de ses mamelons après avoir caressé ses seins, écarte l'échancrure de son chandail. Mathieu jette un œil du côté de Marianne, penchée sur ses copies à la table de la cuisine, avant de glisser une main dans son pantalon de jogging. Ils ont couché les enfants plus tôt ce soir – c'en était assez de les voir tourbillonner en chignant. Tous les luminaires sont fermés, à part la lampe en laiton suspendue avec poulies qui forme une bulle de lumière au-dessus de Marianne.

Je vais au dépanneur. Tu veux quelque chose ?

Marianne le regarde. Mathieu a maigri, il grisonne. Quand s'est-il fait couper les cheveux pour la dernière fois ?

Non, c'est beau. Tu t'habilleras chaudement. On annonce froid.

Mathieu met son manteau et cherche sa tuque sur la tablette du haut. Elle tombe. Marianne soupire.

T'as vraiment besoin de rien au dépanneur ?

19.

Thomas prend les trois bières qu'il lui reste, en cale une et lance la canette derrière lui avant de fermer la porte. Il rate la première marche de l'escalier et parvient à s'agripper à la rampe sans trop de dommage, à part peut-être à son vieux fond d'orgueil. Dans le hall, une dame tousse derrière la porte entrebâillée du bureau. Dehors, le vent secoue une pancarte sur la principale et revient lui fouetter au visage la poussière fine du trottoir. Un chien près de la voiture s'accroupit et se lèche les parties frénétiquement, relève la tête, nerveux, fixe Thomas et repart en trottant. La Buick est gelée. Il aura le temps de se rendre à la ville voisine avant de ressentir ne serait-ce qu'un soupçon de confort. Il décapsule une autre bière, prend une gorgée et la coince entre ses cuisses avant de se mettre en route.

De la rue, il entend ça brasser. Thomas ouvre la porte sur des marches qui mènent à l'étage. La bête s'y cache, elle fait vibrer la cage d'escalier et l'air qui ondule autour de lui. Il s'approche de l'épaisse porte de bois sombre dont, il le sait, il n'entendra pas les gonds grincer dans la densité du son. Les décibels lui pètent au visage, ça cogne, ça hurle. Des vieux poils se tiennent au bar à sa droite, secoués de rires. Un autre, l'air sérieux, caresse sa barbe qui descend en pointe sous son menton. Il se retourne à l'entrée de Thomas et le regarde sans le voir quand un autre barbu le bouscule par-derrière. Ils rient, s'empoignent, se serrent la main. Un peu plus loin au bar, un couple se tripote. L'homme lève les bras au ciel, en transe, pendant que la femme lui flatte le visage passionnément, comme si elle allait le perdre, comme s'il allait s'envoler. Ils s'embrassent, ils titubent. L'homme a les cheveux long et gris, il se penche sur la femme en la prenant par la taille – elle est plus petite que lui, un peu boulotte. Il glisse une main sous son chandail, dans son dos. On voit la peau blanche déborder des jeans trop serrés. Thomas s'accoude au comptoir et commande une bière à la serveuse, une blonde couverte de tatouages et d'une robe noire très décolletée. La scène est droit devant, séparée du bar par quelques rangées de tables, toutes occupées par des clients peu attentifs au mur de son qui fond sur eux. Quelques poilus en sueur se cognent sur le plancher de danse, d'autres optent pour la pose classique, une main dans les poches, la bière dans l'autre, et hochent mécaniquement la tête en lançant de temps à autre des cris d'exultation, le poing ou l'index et l'auriculaire levés. On croirait une convention de chandails noirs à tuques. Le groupe se perd dans de longs grooves stoner, pastiche ou recyclage des années soixante-dix. La serveuse dépose sèchement la bière et la monnaie sur le comptoir, à côté de la main ouverte de Thomas qui prend le temps d'apprécier l'acoustique de l'endroit. Les caissons en bois du plafond bas réverbèrent le son percutant et précis du bass drum. Les guitares sont juste ce qu'il faut trop fortes, la basse noyée dans le mix et la voix du chanteur bien mise de l'avant. Thomas pense à sa basse – il a abandonné l'idée de la prendre avec lui à la dernière minute – qui ramasse la poussière dans un coin de son ex-appartement. Le propriétaire s'en est sans doute emparé et l'aura vendue pour régler une partie des loyers impayés.

La porte d'entrée s'ouvre pour laisser entrer deux créatures congelées en manteaux de cuir à franges couverts de patchs. Elles se joignent à d'autres aux tables, et Thomas aperçoit près d'eux la fille de l'hôtel – elle se penche pour parler à l'oreille d'une brune, passe la main dans ses cheveux, c'est un grand ralenti, quarante-huit images secondes. Thomas prend une gorgée, ne la quitte pas des yeux. Elle l'a vu, il lui sourit, parcouru d'un frisson. Un gars à la table des deux filles les observe rire et parler, puis il ajuste sa casquette, se lève et passe près de Thomas pour se diriger dans un couloir derrière le bar. Sa rousse regarde l'autre fille, le menton au creux des mains, feignant de l'écouter, puis elle retourne la tête dans sa direction. Il tombe dans le trou, son cœur ne bat plus, et tout devient silencieux autour. *Je suis mort?* La fille lui sourit et il la salue du menton, comme une vieille connaissance. Elle laisse sa copine et s'approche. La musique reprend, le bass drum et les guitares traversent le corps de Thomas, ses narines vibrent, c'est vraiment trop fort.

T'es venu!

Le visage réjoui de la fille se découpe en contre-jour dans les fins rayons de lumière rouge que filtrent ses cheveux. Thomas doit se pencher pour entendre ce qu'elle dit. Son souffle est chaud sur sa joue. Thomas remarque un parfum, il en cherche l'origine, ce n'est pas le genre de chose qui s'achète au magasin.

Tu viens avec nous autres? Myriam – elle s'appelle Myriam – lui présente ses amis. Il serre des mains moites, oublie instantanément les noms. Il y en a un, Microbe, qui porte bien son surnom. Il est occupé à lever sa bouteille et à la déposer en alternance, en faisant de petits cercles pour agrandir la flaque d'eau sur la table, concentré à l'extrême. Myriam va à une autre tablée prendre une chaise apparemment libre, la place à côté de la sienne, Assis-toi. Elle s'agite, parle à tous en même temps, les tire par la chemise pour attirer leur attention au besoin, comme si Thomas n'était pas là. Les pichets défilent, il en perd le compte. Il parvient à capter des bribes de la conversation, un éclat de rire. Microbe assemble des boîtes dans une usine à boîtes. Un autre aussi. *C'est quoi son nom encore?* Un autre encore habite chez sa mère, même s'il a l'air trop vieux pour ça.

Les corps de Thomas et de Myriam se rapprochent. Furtivement, dans sa gesticulation fiévreuse, elle trouve le moyen de poser une main sur son genou. Thomas prend Myriam par un bras et l'attire vers lui. Tu viens fumer? Ils se lèvent.

Thomas sort sa pipe et la bourre d'herbe. Myriam s'offre comme écran en ouvrant son manteau. Dans cet abri improvisé, il remarque qu'elle ne porte plus son chandail du groupe, mais une chemise au décolleté léger et, de si près, il comprend l'origine du parfum senti plus tôt dans la soirée – c'est son odeur à elle qu'il respire, mêlée à celle du froid, de l'herbe et de ses cheveux. Ses muscles tressaillent, elle a la chair de poule. Thomas allume et inspire. Il passe la pipe et le briquet à Myriam et s'offre à son tour comme écran en écartant les pans de sa veste. Après quelques prises, il range la pipe encore chaude et le briquet dans sa poche et prend une grande inspiration. L'air froid brûle les narines. Collés l'un contre l'autre, ils regardent au loin les façades des maisons qui s'alignent. Le vent pousse Myriam contre lui. Il ne veut pas que cet instant se termine. Elle s'allume une cigarette, lève les yeux, sourire en coin, moqueur, assuré, On va pas passer la nuit icitte?

Quand ils reviennent à l'intérieur en claquant des dents, le groupe a quitté la scène. Un attroupement s'est formé au fond du bar. Deux barbus se tapent dessus – la tuque de l'un vient de sauter et le visage de l'autre, singulièrement amoché, est maculé de sang. Ils titubent et s'accrochent en tenailles pour reprendre leur souffle. Deux hommes intacts les séparent sans grand effort. Les belligérants, saouls et épuisés, semblaient attendre qu'on vienne mettre fin à leur danse païenne. Myriam et Thomas les regardent s'asseoir pour boire une pinte en se tenant par le cou, remplis d'amour pour leur prochain comme s'ils n'avaient aucun souvenir de ce qui avait déclenché leur rixe. Les gars du groupe tètent une bière au bar. La rumeur des voix fait vibrer le bar à une tout autre fréquence. Thomas ferme les yeux, on dirait le vrombissement du vol d'un millier d'insectes. La tête lui tourne, il soupire et s'assoit lourdement sur un tabouret à côté de Myriam. Des gens passent devant eux pour faire la file aux toilettes. Il sent la cuisse chaude de Myriam, et sa main qui se glisse dans la sienne.

Ça va?

Oui, ça va.

Leurs visages sont maintenant près l'un de l'autre, mais ils hésitent encore. Ils font durer la promesse qui se balance devant eux, mélange d'espoir et d'appréhension. Myriam s'avance et embrasse Thomas sur les lèvres d'un baiser rapide. Il ferme les yeux un instant, avant que leurs lèvres se touchent à nouveau, et les rouvre pour constater qu'elle aussi a fermé les siens. Il recule et elle reste figée, penchée vers l'avant dans l'attente de la suite. Elle sourit, met son autre main sur Thomas, se penche et enroule sa langue dans la sienne – Myriam goûte la cigarette et la bière.

La réception de l'hôtel est déserte. Un bourdon taraude leurs oreilles, entrecoupé des flashs des visages qu'ils ont croisés ce soir, ils chancellent en reniflant dans la lumière tamisée de l'édifice vétuste qui sent le renfermé. Elle lui prend la main et le guide vers le réfrigérateur. Thomas est, à cet instant, d'une légèreté improbable. Plus rien n'existe, ses cheveux et sa barbe qui tirent sur le gris ne sont que des artifices. Myriam prend six bières dans le frigo et lui pointe du menton l'étalage de chips. Sa tante s'est endormie dans le bureau toujours éclairé. Ils montent à l'étage jusqu'à la chambre, sans trop faire de bruit. Le temps d'ouvrir et d'allumer, elle est déjà assise sur le lit à rouler un joint. Thomas lui lance une canette, qui roule vers l'extrémité du matelas. D'un geste leste, elle l'attrape d'une main, garde le joint à demi roulé dans l'autre sans en échapper un brin pendant que Thomas tire une chaise et s'accoude sur le dossier. Myriam ouvre la canette avec ses dents, en avale une longue gorgée, la place entre ses cuisses et termine le travail.

J'suis une artiste. J'fais des sculptures. J'fais pas juste travailler icitte! Tu t'imagines quoi?

Thomas observe ses épaules frêles et ses lèvres qui s'agitent. Elle passe sa langue sur le joint, On fume, baby? Elle se lève sur le bord du lit, le regarde de là-haut en lui montrant le joint, lui, ici-bas, accroché à sa chaise comme un naufragé. Elle se laisse tomber sur le matelas, Viens ici, la bête! Il s'approche et elle le prend par le cou pour l'embrasser. Le baiser terminé,

elle s'empresse de prendre une gorgée de bière, Non,
mais tu sors d'où, toi, le barbu?

Les jours d'après

20.

Myriam prend Thomas par la main et l'emmène au fond du terrain, derrière la maison où elle habite avec son oncle et sa tante, par un sentier pratiqué entre les arbres. Ils arrivent devant une cabane de bois au toit de tôle. Elle ouvre la porte, entre et ressort en lui tendant un masque respiratoire à soupape, Tu vas voir, ça pue, fait valser la ficelle d'une ampoule qui illumine l'unique meuble du minuscule cabanon, un établi jonché d'une multitude d'outils : des serres, des couteaux, des ciseaux, un étau. Elle allume une lampe vissée sur l'établi qui révèle l'ensemble de son attirail de taxidermiste du dimanche, les scies accrochées au mur, les bouteilles, le rouleau de fil de fer installé sous une tablette qui croule sous les bobines de diverses couleurs. Il y a un écureuil sur une branche, la queue retroussée, un raton laveur, les pattes antérieures repliées sur un épi de maïs qu'il porte à sa gueule.

Malgré son masque, Thomas perçoit l'odeur musquée de la pièce, amalgame de putréfaction et de produits toxiques qui piquent les yeux. Une bouteille a répandu son liquide transparent sur l'établi, près de ce qui semble être la peau d'un écureuil tendue en forme de pentagramme. Un objet – *ou un animal?* – attire son attention. On a assemblé le petit corps bedonnant d'une gerboise aux longues pattes et la tête géante d'une poupée de cire aux lèvres barbouillées de rouge à lèvres écarlate, qui le fixe de son unique œil vitreux; l'autre, arraché ou perdu, a été remplacé par une partie de circuit imprimé. Dans un coin, des boîtes empilées. Thomas s'approche de l'une d'elles, emplie de pièces appartenant à divers appareils électroniques. Dans une autre, des objets qui n'ont plus de nom ni d'utilité.

Des peaux tannées d'animaux plus ou moins reconnaissables pendent un peu partout dans la pièce, certaines accrochées par la tête, d'autres par les pattes. Une fourrure très lustrée brille, accrochée à un crucifix en métal. *Un lièvre?* On voudrait le toucher, on le croirait fraîchement évidé, encore sanguinolent.

Ma plus belle réussite, dit Myriam. Je l'ai peinturé et verni avec des sprays... c'est comme s'il venait d'être scalpé.

Tu ramasses ça où?

Sur la route, dans les poubelles de l'hôtel. Les gens m'donnent leurs cochonneries. J'prends toutte. Les objets oubliés, toutte.

Au hasard de ses découvertes, Myriam fabrique des sculptures qu'elle tâche parfois de revendre sans succès. Elle a commencé avec les objets électroniques qui lui tombaient sous la main en les combinant de façon arbitraire. Elle lui montre une photo où s'incorporent divers déchets organiques, une pelure de banane, un cœur de pomme, un condom rempli de semence.

Myriam construit des sculptures vivantes, les photographie puis les détruit.

Pourquoi tu les recouvres pas de vernis, elles aussi?

De la trash, c'est de la trash. Pis anyway, j'ferais quoi avec?

Tu pourrais les exposer.

Où ça? T'as vu une galerie d'art quelque part? Y a quoi autour? T'as des églises, des bars pis des ski-doos. L'été, t'as des tracteurs pis ça sent le gaz. On n'est pas en ville icitte.

Sur une petite table près de l'entrée sont empilées d'autres peaux desséchées. Gisant sur l'une d'elles, un énorme rat musqué qu'elle a trouvé sur une voie d'accès de l'autoroute. Elle le soulève par la queue pour l'approcher de son visage. Il est raide et plat. Elle le dépose délicatement sur le tabouret. C'est beau, non?

Elle sort, enlève son masque, s'allume une cigarette. Thomas la suit et referme la porte derrière lui.

21.

Ça n'avait pas été ce qu'on appelle un événement déclencheur, mais l'aboutissement d'une longue chute, cette conférence, *Vous devez viser l'équilibre!,* par un Bernard quelque chose, tout sourire et savoir-faire, virtuose de la courbette. Combien étaient-ils d'employés à s'être inscrits à ce séminaire de management commandité par la compagnie? On était en août, il faisait une telle chaleur, le système de ventilation du bureau avait lâché, et le Bernard souriait, *Prenez conscience de votre vie intérieure,* un slogan racoleur n'attendait pas l'autre et certains avaient pris le parti d'en rire, Simon et Vincent, entre autres, rigolaient pas mal; il aurait dû s'asseoir avec eux, il se serait peut-être senti mieux, mais il y avait aussi tous ces autres qui glapissaient de plaisir et trépignaient sur leur chaise pliante à entendre le motivateur roucouler dans son micro, *L'essentiel c'est d'être vrai – c'est tellement important de prendre le temps de rire.* Ça n'allait pas. Ça n'allait pas depuis plusieurs semaines, mais de le voir susurrer son évangile du bonheur entrepreneurial, ça l'avait dégoûté sans qu'il puisse se contrôler et il s'était levé d'un coup, avait fait basculer sa chaise en la repoussant, bousculant Thérèse au passage, pour aller se réfugier dans les toilettes et vomir son lunch à s'en tordre les intestins. Il était resté ce qui lui semblait une éternité à serrer dans ses bras le bol de toilette quand Simon était venu le chercher, *Mathieu, tabarnak, qu'est-ce qui se passe?* et l'avait ramené chez lui.

Après toutes ces années de routine, d'entrevues téléphoniques, de quadrillages de fichiers, de vérifications des références – gestion, accueil –, la conseillère principale aux ressources humaines lui avait recommandé des bouquets de ballons pour souhaiter la bienvenue aux nouveaux employés. Ce n'était pas possible, il n'avait pas été formé à ça, lui, titulaire d'un baccalauréat, homme d'expérience, pas un bagou à tout casser ni un entregent à l'épreuve des plus taciturnes, mais néanmoins gestionnaire compétent, du type qui gravit les échelons tranquillement mais sûrement, *Pourquoi pas se costumer tant qu'à y être?* Gestion du personnel, gestion des dossiers, *Non, pas des ballons,* sans oublier l'angoisse qui le minait, qui lui nouait les intestins devant les formations qui se multipliaient et son serment professionnel de confidentialité; tous ces secrets à taire qu'il ne pouvait oublier quand il tentait de s'endormir, le soir – ces femmes et ces hommes qui craquaient devant lui, avouaient avoir volé, s'être branlé dans les toilettes, avoir menti au sujet d'une maladie, ne plus être capables d'endurer un tel, ou le patron qui les avaient humiliés, ou cet autre et ses avances, ou encore celle-là qu'un supérieur avait piégée dans un coin pour la tripoter avant de retourner à ses affaires, *Je le sais que t'as aimé ça,* et lui-même, Mathieu, qui ne pouvait réprimer un début d'érection pendant qu'elle lui racontait son histoire et qu'elle s'étouffait dans ses sanglots. Il parvenait néanmoins à plaquer un sourire sur son visage lorsqu'il arrivait le soir à la maison, à répondre *Oui, oui, très bien aujourd'hui,* quand Marianne lui demandait comment avait été sa journée, alors que tout ce qu'il voulait, c'était de prendre une bière – au moins commencer par une – et s'écraser devant la télévision, *Et toi, tu as passé une bonne journée?* puis les enfants lui grimpaient dessus et il était provisoirement sauvé, *Papa est arrivé, vient jouer avec moi papa! Papa!* ça sentait bon la nourriture, *Qu'est-ce qu'on mange?* et Marianne était souriante et belle.

22.

Thomas a quitté l'hôtel. Il habite les courbes chaudes de Myriam qui s'enroulent autour de lui la nuit. Myriam n'a ni père ni mère, ni frère ni sœur, elle vit chez son oncle Armand et sa tante Madeleine depuis l'accident de moto qui a tué ses parents quand elle avait dix ans. Elle a gardé telle quelle sa chambre de petite fille, une caverne de murs roses, de toutous et de tapis à poils longs. Les soirs où elle ne travaille pas, ils sortent, boivent et jouent aux fesses, souvent dans cet ordre. Il aime observer son visage lorsqu'elle jouit. Un visage neuf, avec des yeux pour lui seul. Thomas est tout aussi envoûté lorsque Myriam, recroquevillée au bout du lit, coupe ses ongles d'orteils – ses pieds à la plante douce et courbée, c'est sa mort –, qu'elle se touche le bout du nez, se décrotte le coin de l'œil en grimaçant ou qu'elle remue dans son sommeil. Il est sous le charme, il se régale de la voir passer la main dans ses cheveux d'un geste souple, inconnu. Sa blonde ne fait pas de redressements assis, sa peau est élastique comme les neuf vies d'une chatte si elle s'étire pour bâiller. Myriam en possède six, peut-être huit; une grosse, une petite fringante à bedaine, une grande mince orangée, une blanche au poil huileux et deux tigrées anonymes. Une autre se cache peut-être sous un divan ou dans un coin obscur. Celle qui vit depuis trop longtemps dans la grange est sans doute morte. Myriam se rappelle cette vieille chatte morte depuis longtemps dans l'atelier. Elle l'a retrouvée par hasard, pétrifiée et sans odeur. Les chattes se battent, sautent des commodes ou du comptoir de la cuisine et grattent, miaulent, courent, dans chaque pièce de la maison.

Dans la minuscule bibliothèque du salon, Thomas trouve un *Matou,* un *Héritage,* une *Corde au cou*; des livres de cuisine, de bridge et de cocktails pour leurs soirées tristes, et de folles histoires de peur à pisser debout. Il y a encore là un vieux dictionnaire, des Harlequin, des *Reader's Digest,* la Bible et un format cartonné tricolore vert-blanc-rouge avec une étoile jaune, le *Manuel d'histoire du Québec.* Il met enfin la main sur une pile de vieux *Spirou* avec lesquels il s'installe sur le divan, emmitouflé dans une grosse couverte. Myriam! Tu fais du café? Fuck you! Fais-le toi-même! Thomas décide d'écrire trois lettres qu'il enverra à Michel, Marie et Marin. Mononcle, ça ne sert à rien, il ne la lirait pas. Il s'installe à la table de cuisine pour écrire la première, barbouille une feuille et la jette avant d'avoir écrit le moindre mot. Il en reprend une autre. Il n'a pas les talents d'écrivain de Michel ni la ténacité de Marie. Il froisse des dizaines de pages, les met dans le poêle à bois au sous-sol et allume un feu. Il enfume la maison comme c'est pas permis. T'es donc ben épais! T'as jamais faite de feu? lui crie Myriam en s'étouffant. Ils doivent ouvrir les fenêtres et les portes tout en veillant à ce que le renard qu'elle craint ne vienne pas se mêler de leurs affaires. Thomas range le papier et le crayon, Myriam alimente le feu; une fois la fumée dissipée, ils s'ouvrent une bière et fument un joint pour célébrer en se déshabillant.

23.

Ils ont passé la journée d'hier à remettre en ordre de rouler le pick-up abandonné de l'oncle Armand au meilleur de leurs compétences de mécaniciens improvisés – changer l'huile, la courroie, le filage du cap distributeur, gonfler les pneus. Une odeur de café, de bacon et de toasts brûlées parvient à Thomas depuis la cuisine. Il repousse les couvertures, enfile ses jeans et descend rejoindre Myriam. La tante Madeleine et l'oncle Armand ne sont jamais là, c'est comme si Myriam et Thomas étaient dans leur maison à eux. L'hiver a laissé son empreinte dans les fenêtres givrées durant la nuit, bientôt il blanchira tout et annulera la logique d'être ici ou là. Thomas s'avance derrière Myriam occupée au comptoir et l'embrasse dans le cou en glissant une main dans sa culotte. Elle rigole et se tortille. Sa chatte est mouillée, il la caresse pendant qu'elle beurre les toasts. Si c'est ça l'amour, Thomas est preneur. Il est bandé raide mais les œufs et le café sont prêts. Une grosse journée les attend.

Une amie de Myriam lui a donné l'adresse d'une connaissance dont le père est mourant, et tante Madeleine a justement besoin de meubler une chambre de l'hôtel. Ils roulent un long moment sans parler, les yeux fixés sur l'horizon. Myriam s'étire, enlève ses bottes et met les pieds sur le tableau de bord.

Ils arrivent à l'entrée du terrain du notaire Bellemare. Le pick-up escalade lentement le chemin pratiqué dans le bois. Thomas appuie doucement sur l'accélérateur, reste en première, passe en deuxième, comme s'il conduisait un autobus d'écoliers. Les pièces de la maison familiale, un split-level, sont éclairées. Une porte s'ouvre, les présentations sont faites. Le notaire les mène au second palier et ouvre une porte dans le corridor. Un vieil homme est couché dans un lit. Rien à craindre, le grand. Il n'a plus conscience de grand-chose, dit le notaire en les laissant. Les meubles sont en bois, mais sans valeur. Années soixante. Du Villas ou du Roxton, manufacturé en série pour une classe moyenne bourgeonnante et heureuse. Colonial, disait-on aussi. Thomas ouvre un tiroir sans demander la permission. Son rôle l'autorise à ces écarts. Il est rempli de linge, ça sent la boule à mites. Myriam s'agenouille près de lui. Elle ouvre le tiroir du bas, y plonge la main et en ressort un objet qu'elle se dépêche de cacher dans la poche de son kangourou. Le vieil homme tousse. Il est maigre et respire avec peine. Un liquide brun coule des commissures de ses lèvres sèches. Et sa tête sur l'oreiller est inclinée vers l'arrière. Le notaire revient dans la chambre juste comme Myriam finit d'enfourner un autre objet dans la poche maintenant difforme de son kangourou. Ça vaut pas grand-chose. Cent cinquante, déclare Thomas. Le notaire chiale un peu. Il se calme rapidement, voyant bien qu'il ne pourra avoir plus. D'accord, dit-il. Vous prenez le lit avec? Ils vont déplacer le vieux dans la chambre de l'ado, précise-t-il. Ils ne veulent pas vider les tiroirs. Ils peuvent tout emporter. Myriam aura volé pour rien.

Le soir tombe. Le nez morveux, Thomas attache les meubles dans la boîte du pick-up. Le vent lui déchire la peau. Myriam se tient à côté de lui, les mains dans les poches, et renifle en piétinant. Ils vont voir tante Madeleine à l'hôtel.

Rentrez les meubles. On voit rien dehors.

Thomas et Myriam défont les cordes et transportent la commode, les tables de chevet et le lit dans le hall. Madeleine tourne autour du mobilier, passe la main sur les plateaux, se penche pour observer un détail dans la plinthe.

Trois cents, s'essaie Thomas.

Elle ouvre un tiroir de la commode, Deux cents, répond-elle. Thomas prend une pause, promène son regard des meubles à la tante, Deux cent cinquante. Cash. Au tour de Madeleine de réfléchir. Elle ouvre le tiroir d'une des tables de nuit, en sort une photo en noir et blanc qui date de la fin des années quarante, aux grands rebords blancs festonnés, sur laquelle un homme en habit pose près d'une immense Chevrolet Fleetmaster. Accoudé sur la porte ouverte, un pied sur le marchepied et le chapeau de guingois sur la tête, il ne sourit pas.

Elle lui tend la main, OK pour deux cent cinquante. Je garde la photo.

Myriam et Thomas traversent la rue et vont Chez Réjean célébrer leur gain. Le serveur les salue. L'intérieur est peu éclairé et l'ensemble se résume à des tables de style colonial et à l'écran géant de la télé au-dessus du comptoir. Ça sent la friture et la vieille bière. Une musique country joue en sourdine. Deux clients discutent, au fond, près de l'écran, et se retournent à leur entrée. Ils n'ont pas le temps de s'asseoir que le serveur est devant eux et dépose sur la table deux bocks débordants aux larges cols. Salut Myriam, bonsoir monsieur! lance-t-il. Un des deux hommes se lève et s'approche; sur le bout des pieds, il pivote habilement entre les chaises afin de faire passer au-dessus de leurs dossiers la partie la plus imposante de son ventre en tenant ses culottes. Salut Myriam, fait-il en touchant sa casquette, c'est qui que tu nous amènes là? Bonsoir, monsieur! Quel bon vent vous amène icitte? Les mains sur la table, le ventru au visage luisant reprend son souffle. Thomas sourit, lève son bock à sa santé et prend une gorgée.

Je me promène.

Y a vraiment pas grand-chose à voir par icitte, dit le serveur.

Il y avait un cinéma à côté avant?

Oui, mais astheure toutte c'qu'y a à faire, c'est boire pis se conter des menteries, répond le ventru qui désigne la pièce d'un grand mouvement circulaire, paume tendue vers le ciel, un geste d'une grâce surprenante. Du fond de la salle, son acolyte demeuré assis lève son bock vide; soit il a soif, soit il approuve. Thomas a déjà terminé le sien. Les deux hommes se tiennent devant lui, comme s'ils attendaient le récit des raisons qui l'ont amené jusque-là – ce village qu'on ne retrouve même pas sur une carte routière –, son périple de Petit Poucet des temps modernes. Même Myriam semble attendre la suite.

J'pense que je vais en prendre une autre, dit Thomas en pointant son bock vide.

Le ventru s'esclaffe et envoie une grande claque dans le dos du serveur, qui le fait basculer sur la table, Attaboy! Bienvenue dans le club! avant de s'en retourner au fond de la salle en renversant une chaise qu'il ne prend pas la peine de ramasser.

Le menu est affiché sur le napperon en papier dans un grand rectangle entouré par les publicités des commerçants du coin – boucher, nettoyeur, entrepreneur en pompes funèbres; l'hôtel, Le Club, La Taverne. Thomas commande un hamburger steak et des frites, Myriam choisit une poutine. Les assiettes arrivent rapidement: une grosse boulette de viande hachée trop cuite, nappée d'une sauce au poivre qui tire sur le gris, des frites congelées ondulées McCain. Ils prennent d'autres bières et mangent avec appétit. Bientôt, Thomas se sent gonflé, un peu chaud, les yeux lourds. La musique country bourdonne, entrecoupée des voix des buveurs et de Myriam qui lui raconte il ne sait plus quoi. Il ferme les yeux un instant, histoire de calmer la brûlure. Il se sent partir. Un arbre, une baignoire, la route; les voix s'amplifient en un vacarme – comme si le restaurant venait tout à coup de s'emplir de dizaines de clients et de leur marmaille –, où s'entremêlent les chocs des ustensiles dans les assiettes, des verres sur le bois des tables, des rires, et jusqu'aux claquements des langues dans les bouches remplies de nourriture.

Coudonc, tu dors-tu?

Thomas sort de sa torpeur. Les deux hommes sont toujours à la même table à contempler leurs bocks. Il se lève et se rend à la toilette du fond. Ammoniac et urine. Il cherche à tâtons le commutateur. Le plafonnier s'allume en crachotant mais laisse la pièce dans la pénombre. Dans le miroir, il peut voir ses yeux rouges et cernés. Il s'avance vers l'urinoir et défait sa fermeture éclair.

24.

Mathieu a déposé ses vêtements de sport sur l'accoudoir du divan. Il n'ira pas courir ce matin, il est déjà passablement essoufflé. Une nausée lui chatouille l'œsophage, il sent ça brasser en lui. Il prend une grande inspiration et expire. Encore.

Hier, il a reçu la lettre qu'il redoutait. Son absence nuisait à l'équilibre de l'entreprise, des mesures devaient être prises et on l'a licencié. Dans la lettre, on n'évoquait pas son état, cette fatigue, ce désinvestissement de soi. Il est désormais la cible des règles de gestion qu'il a appliquées pendant toutes ces années au service de l'efficience comptable. Sur l'une des pages du site web de la compagnie, on insiste sur la qualité des relations humaines en milieu de travail et on peut y voir des employés souriants lors d'une activité de team bonding. Mais c'est la photographie de la bannière d'accueil qui l'a toujours fait tiquer, celle des trois professionnels épanouis incarnant la sainte trinité de la société marchande – le fonceur ambitieux, chasseur de rêves et de têtes, l'ultracompétente et le bon petit soldat – le sourire niais du premier confirme que l'opportunisme s'allie naturellement au crétinisme;

l'experte drabe à la mise soignée et aux longs cheveux châtains que Mathieu pourrait trouver jolie si ce n'était de son taux de gras qui n'atteint pas les dix pour cent, car elle court sans doute le marathon et s'entraîne religieusement, elle est mariée à son travail et consacre par hygiène quelques heures par mois à l'activité sexuelle, labeur qu'elle juge non seulement superflu, mais sale et peu rémunérant – elle ne peut jouir qu'avec Lulu, son godemichet Rabbit rose –; sans oublier l'autre, le bon gars de service, il en faut toujours un, celui qui repart des partys seul et qui, quand il trouve une femme assez désespérée pour se mettre avec lui, la fourre mollement dans un partage d'extase des plus ordinaires et finit en larmes parce qu'il n'arrive pas à jouir alors qu'il aurait tant voulu lui éjaculer sa petite sauce dans le visage.

Mathieu est sorti de sa rêverie par l'alarme de son agenda qui lui rappelle qu'il doit se rendre à l'hôpital visiter son père. Il froisse la lettre et la lance à travers la cuisine, directement dans le bac de recyclage. Il se lève, prend son manteau et sort.

L'état de son père reste stable bien que l'irrévocable déclin soit enclenché, la carcasse grugeant un peu plus chaque jour le capital de vie de cet homme aux habitudes inaltérables, voire mécaniques. Par une matinée de labours d'automne, après avoir cheminé un brin sur ses terres avec le chien qui le suivait en trottant, le vieux monté sur son John Deere avait senti le sol rongé par les prospecteurs de gaz s'ouvrir sous les roues, vu la masse vert rouille du tracteur lui broyer bras et jambes et ruiner le petit bout de cœur qui lui restait. Tout aurait été moins compliqué s'il était resté à se vider de son sang au fond de son trou sans être secouru par le voisin alerté par les aboiements du chien. Mathieu n'aurait pas eu à se traîner à l'hôpital trois ou quatre fois par semaine depuis un mois, ça serait fini, le drame. Après une brève veillée funéraire, un enterrement simple et intime, on descend le cercueil en versant quelques larmes pour les deux ou trois matantes qui restent, on mange des petits sandwiches pas de croûte qu'on fait passer avec un café au goût d'eau de vaisselle, on salue tout le monde, le curé, le bedeau, et on rentre à la maison.

L'infirmière qui arrive le fait sursauter, Monsieur Phaneuf, j'aimerais vous parler un instant. Je reviens tout de suite, ne bougez pas. Mathieu cherche dans la poche de son manteau la pomme qu'il y avait mise. Les morceaux s'arrachent bruyamment et de manière franche; le fruit est vert et juteux, il en fait le tour, se rapproche du cœur protégé par sa cuirasse. Les pépins, à l'intérieur, garantissent la pérennité de l'espèce. L'effort humain est plus vaste. Et pour quelle fin? Un corps de vieillard duquel rien ne pourra renaître, et dont on n'attend plus rien. La machine défuntisée, comme une voiture qui rend l'âme et qu'on laisse au bord de l'autoroute en faisant du pouce pour se rendre à destination. Mathieu jette son trognon, s'approche du lit, effleure l'épaule de son père et sort de la chambre, se dirige d'un pas résolu vers l'ascenseur dont les portes s'ouvrent quand il arrive à sa hauteur.

Monsieur Phaneuf!

25.

Marin s'éveille en sursaut. La bouche pâteuse, il décroche le combiné du téléphone. Quand a-t-il parlé à son fils la dernière fois? Il observe l'appareil sur la table et le porte à son oreille pour entendre la tonalité. Et à sa fille? Il raccroche.

Hier en début de soirée, il s'est rendu au restaurant. Il était le premier client. L'hôtesse n'est pas venue le voir, elle demeurait au bar à jacasser. Marin s'est avancé et a choisi lui-même une table près de la fenêtre. Observer les passants tandis que lui restait au chaud l'amusait. Il a attendu plus de vingt minutes qu'on vienne s'enquérir de son choix. L'hôtesse restait au bar, comme s'il était invisible. Il s'est levé, a remis son manteau et son chapeau en s'arrêtant sur le seuil de la porte pour regarder les employés qui l'ignoraient toujours. Il a eu l'impression, pendant un moment, de ne pas avoir existé.

26.

Le soleil n'est pas encore levé et l'oncle Armand est déjà dans son atelier. La lumière perce difficilement les fenêtres sales. Thomas regarde travailler l'ébéniste, lui tient compagnie sans trop le gêner, à part quand il répand du bran de scie partout avec ses bottes et parle, souvent seul. L'oncle Armand est un grand homme sec et silencieux. La peau de son visage a pris l'apparence du vieux cuir taché, et son regard un peu absent semble toujours chercher ailleurs. On peut le trouver chaque jour à l'ouvrage. Pour l'heure, il ouvre la radio de la main droite à laquelle manquent en partie deux doigts, et ajuste de l'autre son ruban à mesurer sur la ceinture de son pantalon, avec ses crayons et son couteau tout usage.

Une fine couche de particules de laque pulvérisée et de poussière de bois recouvre le plancher de la salle de finition jonché de vis, de boules de masking tape, de barratins et de mégots de cigarettes. L'oncle Armand avise une montagne de retailles dans un coin de l'atelier: pin, merisier, érable, chêne, noyer, un mariage de bois mort. Tu pourrais faire ça comme un homme, qu'il dit à Thomas, taille-moi ça en petits bouttes. Dix pouces, un pied. Pas plus. On va les entreposer pour l'hiver. Job facile, même pour toé.

L'oncle Armand se concentre sur la ligne de coupe et guide lentement le morceau de merisier contre la lame de la scie à ruban ; il le tient de ses deux mains gercées, pleines d'entailles et de cicatrices. Hier, il a appris à Thomas à poser un collet. En échange, son apprenti lui a fait fumer un joint. Armand a été malade comme un chien. C'est à cause du poulet qu'on a mangé à midi, a-t-il dit à tante Madeleine, qui n'a pas aimé. Elle ne rit pas beaucoup, surtout lorsqu'on se moque de sa cuisine. Madeleine a eu une vie ponctuée de fausses couches, de promesses d'alcooliques, de morsures d'animaux et d'engelures. Son visage se ferme quand on parle du passé. Pour se faire pardonner, Armand et Thomas sont allés lui chercher un sapin de Noël en quatre roues, Tiens-toi bien, le grand ! Thomas s'est accroché à l'engin du mieux qu'il le pouvait, se promettant de mettre une combinaison la prochaine fois. Ils avaient apporté une douze de Molson Ex et ne sont redescendus au village que lorsque la bière est venue à manquer. Ils ont roulé en direction du soleil qui se couchait, ivres et heureux. Thomas se retournait de temps en temps pour surveiller le sapin qui ballottait dans le trailer pendant que la fenêtre de la cuisine grossissait, un petit point lumineux dans la pénombre.

Dans le village, les gens s'habituent à la présence de Thomas. On ne l'observe plus maintenant que d'un œil distrait. Il marche dans la fine neige qui tombe en tournoyant dans la rue, précédé du nuage de son haleine. Deux hommes discutent devant la boutique du boulanger. Quand Thomas arrive à leur hauteur, ils le saluent du même souffle avant de reprendre leur conversation. Il s'arrête au dépanneur pour s'acheter un café, mais une fois devant la machine, il choisit un chocolat chaud. Près de la sortie, il aperçoit le téléphone public. Il glisse la monnaie dans la fente et compose le numéro de Michel. Après quatre sonneries, avant que Michel ou son répondeur ne prenne le relais, il raccroche. Son chocolat chaud lui brûle la langue. Il y a bien longtemps qu'il n'a pas regardé la télévision pour y prendre des nouvelles du monde. Il sort dans la rue, accompagné par le bruit des clochettes qui cognent sur la porte vitrée.

Thomas gravit les marches du parvis jusqu'aux portes démesurées et entre dans l'église. L'odeur de l'encens est la même que celle de son enfance, aussi envahissante, aussi nauséabonde. Il se souvient de ces dimanches de juillet où sa mère les forçait à s'habiller et à se coiffer pour se rendre à la messe écouter la voix monotone du curé, les chants timides des fidèles, l'orgue qui jouait faux et Marie qui passait son temps à chigner, pendant que ses amis jouaient au ballon, au baseball, se râpaient les genoux dans la garnotte, apprenaient à fumer en cachette ou tripotaient les petites voisines dans des cabanes improvisées. L'angoisse de la chute et du péché lui nouait la gorge, le soir, quand il tâchait de s'endormir et qu'il songeait à ce qu'il avait peut-être commis d'irréparable. Il marche jusqu'à l'autel dans la lumière tamisée par les vitraux. Le raclement de ses bottes résonne dans la nef. Au-dessus de la table de communion, la croix, éclatante de dorures et d'invraisemblance, colossale et excessive, supporte un homme trop chétif pour ce qui subsiste de foi dans cette vaste bâtisse. Thomas tourne les talons et sort. Les maisons sont décorées pour Noël. Des lumières, des guirlandes, un gros bonhomme de neige gonflable. Un enfant se roule dans la première neige devant une maison à deux étages, près d'un poteau électrique qui penche dangereusement vers la rue. En suivant la ligne, par un trou dans la grisaille, Thomas voit le soleil.

27.

Marianne a mené les enfants à la garderie avant de se rendre à l'université. C'est la dernière fois que je m'en charge, avait-elle dit à Mathieu en le laissant seul. Il n'ira plus voir son père. Il attendra la suite des événements sans intervenir. Au sous-sol, dans la seule partie qui n'a pas été rénovée – une pièce minuscule et poussiéreuse où se trouvent la boîte électrique, le système de chauffage, la litière du chat et deux étagères pour le rangement –, il s'empare d'une boîte de carton marquée à son nom au crayon-feutre rouge et s'assoit à même le sol. On y trouve quelques photos, son premier gant de baseball qu'il tente d'enfiler, comme si le geste allait lui permettre de conjurer le sort ou le ramener à cette essence qui constituerait son identité et qui effacerait la douleur de l'éloignement. Mais il n'y a aucun retour possible. Il n'y a rien à trouver dans ces images en creux, à part peut-être la peur d'oublier, cette crainte affolante de disparaître. Il se lève sans prendre la peine de remettre la boîte sur l'étagère.

Il a rendez-vous avec la femme qui dit s'appeler Nadine. Il s'est douché, a mangé un sandwich en regardant la télévision, consulté l'horaire d'autobus et envoyé un texto à Marianne comme quoi il allait en ville voir un film, puis il a mis son manteau.

28.

L'hiver s'est installé pour de bon, la neige a fait disparaître le territoire, le temps s'allonge et se déroule dans toute sa langueur. Tout craque dans les murs, dans les combles, sous les bottes, dans la forêt. Quand on imagine l'hiver, on imagine le froid, mais ce n'est qu'une idée, un vague concept. *Sors dehors et gèle!* C'est le onzième commandement, croit Thomas. Myriam et lui restent au lit à explorer les frises de la tapisserie où alternent lions, chevaux, girafes et pandas. Les bourrasques du vent sifflent dans les branches des grands pins avant d'aller se perdre dans la poudrerie au bout du champ. Thomas a un goût de miel en bouche. Il chatouille Myriam partout jusqu'à ce qu'elle le supplie d'arrêter, lui bafouille des mots doux dans l'oreille; il renifle ses orteils, mange la mousse de son nombril. Un appareil photo numérique traîne sur la commode. On y trouve la photo d'un banc de neige et d'une boîte à lettres enterrée, un selfie d'eux enlacés, des roadkills immortalisés dans des poses inoubliables, comme cette marmotte, le cul répandu sur la chaussée, une patte d'en avant et le museau pointés ver le ciel. Alléluia! Un renard passe chaque jour au même moment à la lisière du bois derrière la maison. Il est maigre, il a le regard fou et le poil hérissé. Il a faim, c'est certain, on entend son ventre creux de famine dans le vent. Thomas ouvre la porte arrière. Le bruit apeure le renard qui s'enfuit. Il reste sur place à geler dans ses caleçons sales, une poignée de croquettes pour chats dans la main, au lieu d'aller courir dans la neige folle avec la bête sans laisser d'empreintes. Myriam lui hurle dessus, On gèle, ferme donc la porte! Pauvre renard, il va mourir de faim. Thomas se promène dans la maison en se grattant les couilles. Il regarde par la fenêtre, s'assoit sur le divan, à la table de la cuisine, feuillette une revue à potins, tente sans succès de lire les lignes de sa main qui vont dans toutes les directions. Il brûle la sauce à spaghetti. Le téléphone sonne, il ne répond pas. Ce n'est pas pour lui. Câlisse, Thomas, tu pourrais répondre! lui crie Myriam du sous-sol où elle roule leur joint d'après-midi.

29.

Nadine l'attend dans la chambre du motel. Les fenêtres sont barricadées par du quadrillage blanc en PVC. Il cogne, puis entre. Mathieu repense à cette histoire de l'homme piégé par le mari cocu. Le mari s'était rendu chez une sorcière qui avait envoûté les amants, et l'homme était resté coincé dans la femme pendant qu'ils faisaient l'amour. La police, le village en entier se pressaient à la porte des adultères pour jouir du spectacle.

Nadine ouvre une bouteille de mousseux qu'elle a immergée dans un seau de métal avec de la glace. Elle leur verse deux verres. Ils s'assoient sur le lit au-dessus duquel est suspendu le tableau d'une voie ferrée sous un ciel rouge. La moitié supérieure des murs de la chambre est en lambris de pin jauni, comme si les propriétaires de l'endroit avaient voulu donner à la pièce l'atmosphère d'un chalet. Ils boivent en silence le vin sucré. Nadine prend de petites gorgées et Mathieu cale son verre. Ça la fait sourire. T'as soif ce soir, lance-t-elle, aguichante. Elle croise les jambes. Mathieu dépose une main froide sur sa cuisse et Nadine frissonne: Tu vas voir, je vais te réchauffer. Il termine son second verre pendant qu'elle vide le sien d'un trait, s'étouffe et crache un peu. Elle relève la tête en riant. Il ne l'avait jamais vue rire ainsi, elle semble heureuse. Nadine déboutonne les deux premiers boutons de la chemise de Mathieu en l'embrassant.

Elle lui intime de s'asseoir dans le fauteuil.

Regarde-moi. T'enlèves ton pantalon, tu me regardes pis tu te crosses.

Il sourit. C'est un jeu. Il obéit à la consigne.

Veux-tu de la musique? demande-t-il.

Non. Regarde-moi.

Elle porte une robe noire à pois et des bas à mi-cuisses. La robe est trop chic, on est mardi, il n'est pas encore dix-huit heures; ils sont entre Montréal et la banlieue, dans un motel sur la 116. C'est décalé, mais il tâche de se concentrer et de chasser de son esprit l'image de Marianne et des enfants qui lui envoyaient la main en souriant, ce matin, quand il les regardait s'éloigner en voiture. La femme se rassoit sur l'autre fauteuil en similicuir. L'ongle de son auriculaire dans la bouche, elle lève la tête au plafond, se caresse et remonte sa jupe pour dévoiler des jarretelles noires. Elle fait glisser sa culotte et la lui lance au visage.

30.

Myriam et Thomas fument leur joint sans parler dans le sous-sol, assis collés l'un contre l'autre sur le tapis industriel moucheté par les vomissures de chat et les brûlures de cigarettes. Thomas met du bois dans le poêle. Myriam le rejoint devant le feu, les jambes repliées sous elle, un jeté sur les épaules. Plus tôt, ils ont mangé un spaghetti avec un verre de vin. Elle lui a raconté sa dernière journée de travail, qui se limite à peu de choses : l'hôtel est désert, comme le village. Qui veut habiter ici ? Qui habite ici ?

On fait quoi, là ? lance Myriam.

On fait quoi ?

On restera pas toujours icitte.

Qu'est-ce que tu veux dire ?

Je veux partir.

Le campe de ton oncle ? demande Thomas sans la regarder, les yeux braqués devant lui en direction du poêle, surpris de la précipitation de sa réplique. Tu veux y aller ?

Oui.

Tu penses qu'il va y avoir du monde au campe ?

Non. Plus personne y va depuis que mon oncle Raymond est mort. Il avait un chalet, ils allaient souvent au campe avec ses gars. Juste les hommes. Ils chassaient. Raymond avait une seule règle. Il disait, *Les enfants, vous mangez ce que vous tuez.* Ils tuaient des écureuils.

Ils mangeaient ça? demande Thomas.

À ce qui paraît. J'y suis jamais allée. Pas de femmes. Mononcle Armand y allait souvent.

Myriam enfouit son visage dans l'aisselle de Thomas en riant. Le feu crépite, il la serre contre lui, embrasse ses cheveux. Tout était peut-être déjà décidé. Elle ne prend pas le temps de réfléchir.

Go!

31.

C'est une autre matinée grise. Myriam est encore plus belle qu'à l'habitude, ses yeux sont brillants et humides – c'est sûrement à cause du froid. Elle a tardé à quitter les lieux, a souhaité dire au revoir à chacun de ses chats malgré leur indifférence, a rempli à ras bord de nourriture et d'eau les écuelles. Des flocons légers, intermittents, tombent sur le village. La banquette arrière est couverte de sacs de chips à demi entamés, de canettes vides et de boîtes de conserve qui ont contenu des aliments que Thomas ne se souvient pas d'avoir mangés. Ils ont apporté l'essentiel pour une survie partielle : deux spleeping bags, des bobettes et des bas de rechange, de nouvelles conserves, de l'eau, du pain et une caisse de bière. Myriam a laissé un mot et un peu d'argent à tante Madeleine. Elle a voulu lire sa lettre à Thomas avant le départ, mais il a refusé. Parlait-elle d'un retour ? Des gens apparaissent sans crier gare, font un bout de chemin avec nous puis disparaissent tout aussi subitement, en laissant parfois une marque indélébile, parfois rien. Elle se penche vers Thomas et l'embrasse, On y va, mon barbu ? Thomas embraye et appuie sur l'accélérateur. Ils croisent des habitants sur la principale, englués dans l'usage confirmé de la routine.

Myriam enlève son manteau, met une cassette, monte le volume et roule un joint. Le rythme de la musique s'harmonise avec le paysage, lancinant et répétitif. Un nuage de poudreuse cache la chaussée, sillonne fébrilement l'asphalte.

Rapidement, ils ne voient plus rien – la route est un écran de farine effleuré par les phares sales. Myriam cherche la main de Thomas, les yeux rivés sur le pare-brise. Ça va passer, tu vas voir, la rassure-t-il. Des bourrasques secouent la voiture, le vent siffle dans les portières. Ils avancent prudemment. Le chemin se dérobe et menace de les engloutir. Thomas suit la ligne jaune, ils sont chanceux que personne ne les croise en sens inverse et ne les frappe de plein fouet sur cette portion de route à une seule voie. Longtemps, téméraires, les yeux plissés pour mieux voir, ils progressent, priant pour que l'asphalte ne se volatilise pas. Thomas demande à Myriam de lui donner une bière. Elle se détache et se penche vers la banquette arrière. Il en profite pour lui pincer la taille. Elle s'en ouvre une aussi. Ils trinquent aux dieux de l'hiver qui, souhaitent-ils, vont les épargner. Les yeux de Thomas sont humides. C'est sûrement à cause du froid. Il sourit et prend une grande gorgée.

32.

On sonne à la porte. Marin s'extirpe pesamment de sa léthargie entretenue par le froid et l'alcool. On sonne de nouveau. Il se lève, prend un cachet d'anti-inflammatoire qu'il avale avec un fond de scotch, fait quelques pas et se ravise. Entrez, c'est pas barré! crie-t-il avant de se laisser choir dans son fauteuil. Les visiteurs cognent du pied dans l'entrée pour faire tomber la neige de la tempête qui s'est accumulée sur leurs bottes. La porte de l'appartement s'ouvre dans un chuintement de charnière mal graissée.

Sacrament! Checke ça, Beaudoin! Marin, t'as mis tous tes meubles dans ton appart? T'es où?

Ici.

Ils le rejoignent au salon. Galarneau et Beaudoin ouvrent sur leur chemin des panneaux et des portes, renversent un coffre.

Cassez rien, les gars!

Marin, dit Galarneau quand il arrive dans la pièce, kossé ça? T'étais pas supposé tout apporter chez Pomminville? Veux-tu une bière? Il brandit la caisse devant lui.

Vas-y donc.

Tiens, mister! Ça te tenterait pas de faire un peu le ménage? Ça sent la litière.

Vous pourriez faire ça pour moi, les jeunes.

Ils trinquent.

Fait donc ben frette chez vous, Marin.

Galarneau s'assoit sur la table basse et Beaudoin reste debout dans l'embrasure de la porte, contre le chambranle.

Pis, les gars, vous venez m'acheter de quoi?

Tu vends trop cher. T'es rien qu'un crosseur.

Un connaisseur. J'passe pas mon temps à acheter des cochonneries, moi.

On finit par toutte vendre, toujours, Marin. Toutte se vend.

J'sais, Galarneau, mais va falloir que vous soyez plus sélectifs si vous voulez ouvrir une boutique.

Galarneau prend une gorgée.

T'es malade? Ça coûte trop cher! Inquiète-toi pas, on a internet. On vend encore plus sur internet. Pas besoin de local, pas besoin de vendeur, pas besoin de faire du ménage. Un gros garage, on entrepose pis ça roule.

C'est pas pareil.

Les jeunes pickers ne répondent rien. Marin baisse la tête, caresse sa bouteille et devine les œillades complices que les deux s'échangent. Encore la semaine dernière, alors qu'il s'était résolu à ne plus rien acheter, il a visité cette jeune femme qui vendait un coffre en pin avec sa couleur d'origine, c'est une maladie, ce besoin de trouver et de ramasser – elle lui avait ensuite montré une machine à coudre des années cinquante en ouvrant le boîtier avec cérémonie, comme si cet objet était la huitième merveille du monde, en tâchant de ne pas abîmer ses ongles vernis –, ça lui avait crevé les yeux, ce goût du vintage qu'il ne s'explique pas, cet amour en vogue et sans ancrage pour une époque que la jeune femme n'avait même pas connue. La vraie nostalgie, c'était quand les soldats partis à la guerre s'ennuyaient de la maison. Marin cherchait la marque du temps, il voulait de l'histoire, pas celle des rois ou des marquises, mais celle des petites gens, des habitants et des débrouillards, ceux qui bâtissaient pour la vie de tous les jours.

Vous vendez pas de l'antique, c'est des vieilleries vos affaires.

Bah, on s'en crisse. L'histoire, c'est du passé. Tes vieux cossins ont plus de valeur, Marin.

Y en ont toujours, faites attention, dit Marin en se penchant pour prendre une bière dans la caisse. Galarneau l'aide en la poussant du pied vers lui. Marin a de la difficulté à plier les doigts et peine à décapsuler la bouteille. Beaudoin s'avance pour la lui prendre des mains et l'ouvre. Marin prend une gorgée, le liquide piquant emplit sa bouche.

C'est vrai qu'une armoire que j'pouvais vendre quinze mille piasses y a vingt ans se vend aujourd'hui... quoi?... trois, quatre mille? Mais ça va revenir. C'est cyclique, ça. C'est pour ça que j'ai pas tout envoyé à l'encan. Des choses passent, d'autres reviennent.

On n'a pas le temps d'attendre. On ramasse ce qui se vend. Pas les vieux meubles qui puent. Y a ceux d'Indonésie qui se vendent bien.

Marin donne un grand coup du poing sur la table basse près de la cuisse de Galarneau.

J'veux pas en entendre parler! C'est de la pollution! De la crisse de marde! Ça arrive ici par containers, ça craque, ça pète. Pis c'est laitte!

Voyons donc, ça looke bien, les gens aiment ça!

C'est comme il y a une quinzaine d'années... Des antiquaires crosseurs faisaient venir de Scandinavie des containers pleins d'armoires toutes croches pis remplies de vers à bois! Paquette en avait acheté! Il trouvait toujours des petits tas de bran de scie autour de ses meubles. De la marde! T'aurais dû voir le feu qu'il avait fait avec ça! Ça brûlait en ta...

Le vieil homme, d'une savate sans grâce, envoie promener une boîte de nourriture pour chat dans un fracas qui en fait fuir quelques-uns. La conserve roule sur elle-même, s'arrête devant l'un des félins qui la regarde, impassible.

Fâche-toi pas Marin, t'es tout rouge, tu vas exploser!

Marin se recale dans son fauteuil, à bout de souffle. Le vieil homme fait pitié à voir, avachi dans ses vêtements fatigués – ses bas troués, les ourlets en loques de son pantalon, et le pantalon lui-même qui n'a pas dû voir une machine à laver depuis des lustres. On aperçoit sa peau blanche, parsemée de poils gris sur le ventre gonflé, dans l'ouverture que fait la chemise, là où manque un bouton.

Marin? Ça va, Marin?

Le vieil homme a les yeux fermés.

Marin?

Oui. Juste un coup de fatigue.

Les trois hommes discutent encore un temps. La soirée avance, la caisse se vide et ils épuisent tous les sujets de conversation entre des silences de plus en plus longs. Galarneau remet à Marin l'argent qu'ils lui devaient pour une affiche Kik Cola que le vieil homme leur avait refilée, non sans leur rappeler encore une fois combien il méprisait ces vieilleries. Les deux jeunes pickers redescendent l'escalier tandis que Marin demeure assis dans son fauteuil à flatter un des chats qui a profité du départ des invités pour sauter sur ses genoux en sentant le sommeil le gagner.

33.

Couché sur le volant, Thomas devine la lumière d'une station-service. Un homme se tient debout près de la porte d'entrée, les mains appuyées sur une pelle à neige. Le revêtement d'aluminium de la façade a été rapiécé avec des matériaux de diverses teintes, donnant à l'ensemble l'allure d'une catalogne cousue à plusieurs mains. Thomas et Myriam sortent de la voiture, croisent l'homme qui les salue en portant l'index à la palette de sa casquette, et s'engouffrent à l'intérieur en luttant contre le vent. Ils étalent une carte routière sur le comptoir. Après avoir fait le plein d'essence, l'homme revient dans la station-service.

Vous êtes perdus?

Non. On veut juste être sûrs. On va au vieux campe de mon oncle. Raymond. Vous l'avez peut-être déjà vu. Un grand, les cheveux au Brylcreem, des bottes de cowboy...

L'homme rit. Oui. Ça fait un boutte. Mon père le connaît bien.

Y est mort, annonce Myriam.

Oh, dit l'homme. Il a une dent en or. Il retire de sa bouche son bout de cigare éteint, mouillé par les intempéries. Son haleine doit être terrible, pense Thomas.

On est où, là? demande-t-il.

Icitte, répond l'homme.

Son doigt trapu pointe une partie de la carte. Il pointe ensuite son index vers l'horizon enneigé.

Votre campe, c'est par là-bas.

34.

Au café, elle s'est mise à raconter comment son ex
l'avait laissée. Sur le boulevard, le passage de la charrue couvre un instant ses geignements. Elle pleur-
niche – ses cheveux encore humides des gros flocons
de neige qui y ont fondu –, et Mathieu ne l'a jamais
trouvée aussi laide qu'en ce moment. Ce n'est pas
dans le personnage. Il aimerait se lever, jeter un billet
de vingt sur la table et s'en aller sans se retourner.
Les épaules de Nadine tressaillent doucement, on
ne remarque sans doute rien autour d'eux si ce n'est
sa voix chevrotante, haut perchée et un peu cassée,
et ce reniflement... Il l'écoute, dégoûté, il ne sait pas
s'il doit dire quelque chose pour la réconforter. Lui
prendre la main ? Il ne la connaît pas tant que ça. Dans
ces situations, mieux vaut se taire. Les gens en peine
ne sont guère lucides, il ne faut pas les contrarier. Un
commentaire maladroit peut envenimer la situation.
Après tout, ce n'est pas la fin du monde ! *Mathieu, sois
tout oreille, fais comme au travail.* Mathieu se tait. Il
faudrait peut-être qu'il s'approche d'elle sur la banquette et qu'il la prenne par les épaules. Mais non,
elle reprend tranquillement ses sens. Aussi Mathieu se

contente-t-il de grommeler en gardant ses distances, en attendant que tout ça prenne fin.

L'autre jour, elle l'avait foutu à la porte de la chambre lorsqu'il l'avait mordue dans le cou. Il ne sait pas pourquoi il l'avait fait, elle avait crié, *Enlève-toi! Enlève-toi!* Elle l'avait frappé et poussé en bas du lit avant de le chasser. Trois jours plus tard, ils se retrouvaient dans la même chambre.

Il glisse une main jusqu'à sa culotte sous la jupe de dentelle coquette qu'elle porte pour la première fois, pendant qu'elle le caresse par-dessus son pantalon.

Fait pas frette un peu?

J'ai monté le chauffage. Inquiète-toi pas, mon grand, je vais t'arranger ça. Tu vas avoir chaud comme jamais.

Il se lève et se déshabille, se couche sur le lit. Elle retire ses vêtements, s'approche en mimant un félin qui sort les griffes et prend son sexe dans sa bouche. Il ferme les yeux et se concentre. Elle s'assoit sur lui. Ses seins sont mous, on dirait deux ballons dégonflés qui se balancent au gré de ses mouvements. Elle doit ralentir, il va venir, c'est trop tôt; il la prend par la taille et la plaque contre lui, l'embrasse, mais elle continue à bouger sur son membre, il la retient, Attends un peu. Elle se relève en souriant, passe une main, les doigts écartés, dans le poil de son torse. Elle reprend où elle avait laissé quand il la repousse et la fait culbuter en bas du lit. Il la rejoint, grimpe sur elle et la pénètre par-derrière. La lampe de chevet est tombée sur le tapis et l'ampoule s'est cassée, il faudra faire attention de ne pas marcher sur les éclats. Ils commencent tous les deux à avoir chaud. Mathieu prend sa queue dans sa main et cherche à l'enculer. Elle lui retient le bras, Non, dit-elle fermement, mais il n'écoute pas. Non. S'il te plaît, répète-t-elle. Il se ravise, la tourne de bord, lui plaque d'une main au sternum les épaules sur le tapis, guide son membre de l'autre main. Elle ne bouge pas. Il maintient ses bras de façon à la clouer fermement au sol. Il ne la mordra pas, il a eu sa leçon. Il ralentit, puis s'arrête. Elle ouvre les yeux qu'elle gardait fermés. Il se penche et presse son visage contre le sien, front contre front, puis l'embrasse goulûment, lui bave dessus, pousse brutalement sa bouche contre la sienne, il sent qu'elle suffoque, se débat, mais Mathieu est puissant. Il reconnaît cette frayeur, c'est celle qu'il avait entrevue lorsqu'il avait frappé sa femme en rêve. Elle tente de l'agripper, elle le griffe. *C'était les mêmes yeux?* Non, elle a les yeux verts, sa femme, les yeux bleus; elle suit son mouvement du regard alors qu'il noue ses mains autour de son cou, il serre, il serre, elle ferme les yeux puis les rouvre pour le fixer, un regard d'un calme saisissant qui n'a aucun sens, un bref battement, une seconde, peut-être moins, puis il s'enfouit le nez dans ses cheveux pendant qu'elle tressaille, elle se débat, le pousse avec ses avant-bras repliés et cherche à se défaire de son emprise, mais Mathieu est puissant et elle n'a plus de force. Elle s'affaisse.

35.

Une des vitres arrière de la voiture ne ferme plus bien. Myriam a poussé le chauffage au maximum. De la neige folle s'est accumulée sur les bagages, mais le gros de la tempête semble derrière eux. L'autoroute les mène au centre d'un village fantôme enseveli sous la glace, une enfilade de maisons barricadées et de bâtiments éventrés ouverts aux quatre vents. Les rues transversales sont impraticables. Ils avancent lentement, hypnotisés par l'inertie des lieux. Myriam touche le bras de Thomas, Arrête-toi icitte. Arrête une minute. Elle sort devant une petite maison de briques au toit de tôle qui peine à tenir. Un volet encore attaché à sa fenêtre par un gond craque au vent. La cheminée s'est écroulée, et un banc de neige fraîche bloque en partie la porte d'entrée entrouverte. Ils entendent un grondement, une lumière point devant eux. La charrue les croise à toute vitesse et projette une bordée sur la voiture. Myriam est déjà sur la galerie et crie une boutade ou un avertissement qui se perd dans le vacarme alors qu'elle entre dans la maison. Thomas la suit mais glisse et s'écrase dans un nuage de poudrerie qui lui remplit le chandail et les culottes.

Myriam s'assoit sur un lit, à l'étage; c'est le seul meuble qui reste dans la pièce au papier peint moisi qui se détache en lambeaux. Thomas inspecte les lieux, ses bottes l'accompagnent en écho. Myriam, excitée comme une gamine, va d'une pièce à l'autre. Elle se retient de la main sur un chambranle, la moulure se décolle et tombe. Rien n'altère son rire, elle se relève et court à la fenêtre. On va chez le voisin?

Elle déboule les marches et court dans la rue. Les châssis de la maison voisine n'ont plus de vitre – les ouvertures du bas sont fermées par des panneaux –, on aère la maison pour en chasser l'odeur de mort. La porte a été arrachée, *Bonjour, bienvenue chez nous!* Ils entrent en piétinant dans un fouillis sans mesure, Je commence à avoir pas mal frette, proteste Thomas. Myriam l'ignore et s'empare d'une ombrelle blanche lisérée de rouge qui semble veiller sur l'amas informe, anomalie criarde qu'elle fait tournoyer au-dessus de sa tête en prenant des poses.

T'imagines ce que tu aurais pu ramasser ici comme antiquités? lance-t-elle en grimpant l'escalier à l'inclinaison impossible. Thomas reste dans l'entrée, souffle dans ses mains, Je retourne au char, quand elle insiste, Viens voir! Il gravit les marches étroites qui mènent à deux minuscules chambres. Au-dessus d'un lit pend un portrait au fusain du Christ sous le saint suaire. Le saint quoi? demande-t-elle. Thomas redescend, abandonne à eux-mêmes ces vestiges sans valeur, et sort avant que la pourriture ne fasse s'écrouler cette structure qui cherche toujours à rester debout.

36.

Marin est transi. A-t-il payé la facture d'électricité? Les jambes engourdies, il s'alourdit dans son fauteuil, momifié dans sa crasse et l'épaisse couche de vêtements qui le protègent. Par moments, il croit être sourd, puis il entend les branches d'un arbre qui grattent contre une vitre, un chat qui fait ses griffes. Il tousse pour se convaincre qu'il ne rêve pas. À travers une lame des stores tirés en permanence, la lueur d'une déneigeuse s'immisce dans la pénombre et dessine les contours du fatras amorphe des objets et des meubles. Ce butin, ce n'est ni un trésor ni une collection, mais la chronique visuelle d'un écoulement. Personne d'autre que lui n'a idée de ce qui s'y entasse, de ce que le temps a accumulé derrière l'opacité des fenêtres. Marin a toujours ramassé. Gamin, c'était des cailloux dont il remplissait ses poches pour ensuite les classer par taille et par couleur dans sa chambre, sur une tablette puis dans un tiroir, puis dans un deuxième et un troisième. À l'adolescence, il a découvert le vol. Il dérobait des objets chez des amis pour les revendre. Puis la mort d'un oncle l'a ouvert à un univers dont il ne soupçonnait pas encore l'ampleur, celui qui lie les objets et le temps.

Ce collectionneur avait laissé quantité d'articles qui n'intéressaient personne dans la famille. Marin s'était empressé de s'en saisir, l'aventure commençait. La table basse Second Empire en loupe de noyer devant son fauteuil appartenait à cet oncle, tout comme le buffet Louis-Philippe au plateau de marbre caché dans l'une des pièces du cinq et demie, à l'ombre d'une armoire à coquilles de Rivière-Ouelle. On trouve de tout ici, des buffets aux vantaux à plis de serviette, des tables à pattes galbées, d'autres plus rustiques à spirales, à la bourguignonne, de Batiscan, de Longueuil; des tiroirs, des rinceaux, des panneaux chantournés; des plateaux de marqueterie, des buffets deux corps, des buffets trois corps en merisier, à losanges, à fronton brisé, d'autres avec des motifs floraux d'esprit Louis XV, et celui-ci décoré de feuillage orné de chevrons striés, et ce coffre, ce vaisselier, ce banc à seaux, cette huche à pain, ce pétrin dans l'encoignure, lit berceau tabouret escabeau chaise fauteuil berceuse console bureau secrétaire commode porte horloge rouet lustre étoffe ferrure pin noyer merisier parasites menuisiers apprentissage confrérie conservation.

Marin gèle. Son cœur bat plus vite pour le réchauffer. Ses doigts se raidissent, sa main d'ordinaire si grossière lui semble maintenant agile et légère. Il lève un bras, puis l'autre, c'est comme s'ils se séparaient de lui. Son corps s'enfonce dans le fauteuil, il se disperse, le monde qu'il a construit se disloque sous ses yeux. Sa respiration ne siffle plus, il s'évapore en particules dans la résonnance des choses, le bruissement d'une vie parallèle se manifeste dans le craquement du plancher ou le cliquetis d'une montre, dans la poussière qui s'accumule sur les objets, une vie secrète au sein de laquelle l'homme n'a plus de rôle.

37.

Il fait noir, ils sont fatigués, mais ils ne croisent aucun motel. Ils décident d'arrêter manger dans un restaurant-bar. Les yeux des quelques locaux attablés se vissent sur Myriam, son visage, ses épaules dénudées, sa peau diaphane dans la lumière crue, T'es beau, mon barbu. Elle est belle. Elle met vingt-cinq sous dans le juke-box à leur table, un appareil des années soixante rempli de vieilles chansons qu'elle ne connaît pas. Ils sont assis en face l'un de l'autre sur les banquettes et se tiennent les mains. On échappe un plat à la cuisine. Personne ne sursaute. Ils sont peut-être habitués.

Ils font enfin le plein, ramassent des muffins, du café, et repartent. Myriam s'endort et Thomas lutte contre le sommeil qui le fait dévier vers les bas-côtés. Ils sont seuls à s'enfoncer dans le bois, il n'y a plus de voitures, de stations-service, de villages. La neige se remet à tomber mollement, puis avec intensité, encouragée par le vent qui secoue les conifères. Myriam se réveille. Un voile de neige court sur l'asphalte et se transforme en plaque sournoise, une croûte qui cache de la glace noire qui les enverra se défaire dans les fossés. Elle s'accumule, forme de grosses lames qui coupent la route en deux.

Ils les attaquent sans chavirer mais ça les ralentit, ils tanguent et louvoient. Ils doivent s'arrêter. La neige les a soustraits du monde. Thomas n'a même pas à se tasser sur l'accotement. Ils laissent tourner le moteur, attachent les sleeping bags ensemble, s'enroulent l'un dans l'autre sur la banquette arrière qu'ils ont désencombrée. Ça va aller, dit Thomas. Myriam sourit, mais il sait que le cœur n'y est pas. Ils dorment mal et se réveillent d'un coup. Thomas rêve qu'il peine à s'endormir avant de s'apercevoir qu'il dort vraiment, mais seul dans son lit, ce n'est pas beau du tout, il tournaille à n'en plus finir, pris dans le rêve qui recommence, il a froid, ensuite Myriam est là, dehors dans la noirceur, à demi effacée par les flocons gros comme des poings. Elle porte une longue chemise de nuit. On ne distingue pas le ciel de la terre et elle marche, pieds nus, dans une séquence qui repasse en boucle. Il perçoit successivement son corps frêle sous tous les angles, d'en haut, d'en dessous, de devant, de derrière. Elle perd pied dans la neige, impossible d'aller plus loin, sa jambe droite s'est enfoncée jusqu'à la hanche. Myriam prend appui sur ses mains, mais elle retombe et disparaît dans la neige qu'elle bat et ça gicle, non, elle n'a pas percé la neige, elle est plutôt tombée dans l'eau, elle troue la glace d'un lac immense, on ne discerne rien autour. Myriam lutte dans les éclaboussures, elle crie, mais Thomas est ailleurs et n'entend rien, la bouche de Myriam se remplit d'eau, ses mains tentent d'agripper le vide. Thomas ne voit plus son visage. Une couche de glace se reforme sur le lac.

38.

Mathieu monte dans un taxi.

Bonsoir.

Crisse de soirée! On peut même pas se parler entre chauffeurs! La communication est pas bonne. Ça fait deux ans qu'on aurait besoin de plus de monde sur le shift de soir. Mais ils veulent pas travailler! Ça veut pas travailler!

De gros flocons de neige tombent sur le pare-brise. Mathieu ne dit rien et tâche de rester éveillé.

C'est pas facile, le taxi, j'vous dis.

Mathieu fixe la route enneigée. Son cœur bat trop vite. Et il a cette boule dans la gorge. Il ferme les yeux.

Il glisse sa clé dans la serrure. La porte grince. Il laisse tomber avec fracas son trousseau sur la table d'entrée.

T'étais où?

Au cinéma.

T'as vu l'heure?

Les mains de Marianne tremblent. Elle a pleuré. La télévision est allumée. Le plancher est parsemé de jouets, Les enfants sont chez ma mère, Mathieu. Il est dix heures et demie. Non mais tu penses à quoi?

Mathieu lève les yeux vers l'horloge murale au-dessus du meuble d'entrée. Ça n'explique pas tout. Quand a-t-il quitté le motel? Qu'a-t-il fait avant d'appeler le taxi? Il sent ses jambes chanceler. Marianne, les bras croisés, garde le silence.

Il faut que je m'assoie.

Qu'est-ce que t'as, Mathieu?

39.

Le soleil se lève. Thomas ouvre les yeux, parcouru de frissons. Il a les pieds gourds et tout son corps irradie de douleur. Le moteur a arrêté de tourner, ils ont vidé le réservoir. Le froid entre à plein souffle dans la voiture. Partout, ce n'est que du blanc. La neige masque complètement le pare-brise et son côté de la voiture, mais elle a épargné celui de Myriam. Il se retourne en tâchant de ne pas se défaire une articulation, allonge le bras et ne touche rien. Il est seul dans le grand sac de couchage qu'il secoue comme pour faire apparaître Myriam. Thomas se précipite contre une fenêtre puis contre l'autre, regarde vers l'arrière, ne voit que la neige vierge. La route, à l'horizon, n'a pas encore été déblayée et ne le sera probablement que par les pluies du printemps. Tout est étrangement beau dans le bleu du ciel et le soleil levant qui perce la brume. La portière du côté de Myriam ferme mal, elle serait sortie? La porte résiste quand il tente de l'ouvrir, il n'y parvient qu'en la poussant de l'épaule, et glisse dans la neige. Il se redresse et constate les dégâts, la voiture est engloutie; Myriam a laissé une trace derrière elle, qui s'enfonce dans le paysage immobile. Thomas suit du regard le sillon qu'elle a dessiné dans la neige vers la forêt dense, rongée par une immense cour à scrap qui se prolonge dans l'obscurité de sa lisière. Dans le champ de ferraille trône, majestueux, un autobus d'écoliers ceint de bouts de carcasses de voitures qui dépassent de la neige, de réservoirs de mazout, de montagnes de déchets métalliques. C'est comme si une civilisation entière s'était échouée ici. Juste à côté, une cabane minuscule.

Myriam! Myriam!

Sa grand-mère disait qu'on pouvait mourir d'amour, *Ton cœur se brise,* comme si cet organe pouvait faire autre chose que de pomper du sang, qu'il était doté de la faculté de sentir et de penser. Thomas a toujours trouvé ridicule cette image du cœur siège des sentiments, mais il ressent à cet instant beaucoup plus qu'un pincement dans la poitrine, c'est un trou gros comme une piasse par où s'écoule tout espoir. Il a glissé hors de lui, son nom n'a plus aucune importance, il n'est plus qu'un corps, une brindille, évanescent, le degré zéro de l'humain, sans odeur ni mémoire. Il semble si facile de mourir.

Il marche. Le vent se faufile dans les manches de sa veste de cuir, dans son cou et dans son dos. Myriam! crie-t-il encore, Myriam! tandis qu'il progresse avec peine sur la pente qui mène à la cabane. La neige lui va jusqu'aux genoux, il se demande s'il lui a déjà dit qu'il l'aimait. Ses jambes sont lourdes, elles brûlent, il

trébuche sur un objet dur et tombe. Il n'a plus de force.
Il se relève, progresse entre les carcasses de voitures,
dans les odeurs de vieille huile et de glace. La neige folle
qui lui mord la peau tournoie sans bruit dans l'air, chacun de ses gestes sourds prend des teintes lumineuses
dans la lumière naissante. Myriam, tabarnak!

La cabane est plus grande qu'elle ne le laissait
deviner de la route. La porte s'ouvre sans résistance.
L'aurore perce dans les trous de la serviette poussiéreuse qui fait office de rideau, par un côté entrouvert
de la fenêtre. Ça sent le renfermé. Des corneilles crient,
le vent fait couiner quelque chose dans les amoncelle-
ments de métaux. Les yeux de Thomas s'habituent à
l'obscurité, il trouve un interrupteur qu'il actionne sans
résultat. Près de la fenêtre, il remarque un poêle, des
bûches. Il trouve un journal sur la table, froisse quelques
pages qu'il dispose avec soin sur le lit de cendres, croise
deux rangées de bois d'allumage par-dessus, fouille
dans ses poches pour le briquet. La lueur du levant se
précise, entre dans la cabane avec plus d'insistance.
Comme il allume, il entend un bruit derrière lui, près
de l'entrée. Il souffle sur la flamme, remet du petit bois,
prend le tisonnier et revient sur ses pas, peu convaincu
de sa témérité. Personne dehors. En refermant la porte,
il aperçoit une pièce qui avait échappé à son attention. Il
s'approche sans faire de bruit. Il s'agit d'un petit bureau.
Une bibliothèque croule sous les revues mal empilées,

il perçoit une odeur, un parfum. Sur la causeuse devant le bureau, il voit un parka blanc, des jeans et une tuque noirs. Myriam remue. Sa tuque glisse, tombe sur le sol, dévoilant ses cheveux.

Le cœur de Thomas se calme. Lentement, sa respiration s'amalgame au rythme du silence dans le réduit. Les corneilles se sont tues, mais le vent souffle de plus belle contre les murs et le toit de tôle. Il pourrait rester là à la regarder pendant des jours. Myriam se tourne vers lui, les yeux toujours fermés, et grimace en s'étirant.

Pas pire comme place, hein, mon barbu? dit-elle. J'pense qu'on va être ben icitte.

Les corneilles recommencent leur vacarme. Thomas n'a plus mal, une grande vague molle le berce, ici, maintenant, dans l'inertie de son corps, dans cette cabane perdue au milieu d'une cour à scrap providentielle, dans cet hiver qui n'aura pas de fin.

Il se tient debout devant la porte ouverte du poêle dans lequel il vient d'enfourner une grosse bûche. La braise est bonne. Myriam s'approche, s'assoit par terre, le tire à elle et l'enlace. Thomas observe sa main qui repose, inerte, sur la cuisse de Myriam. Il remue les doigts doucement, un mouvement quasi imperceptible. La lumière traverse la serviette de bain de la fenêtre et se répand sur les planches usées. Quelque chose gémit dehors. Les corneilles prennent leur envol, une à une, en craillant dans l'étroite bande de fumée blanche qui sort de la cheminée et s'allonge à l'horizon.

Table

Bibliographie

Robert-Lionel Séguin, <u>Les ustensiles en Nouvelle-France</u>, Montréal, Leméac, coll. «Connaissance», 1972, 143 p.

Sébastien La Rocque

Né à Montréal-Nord en 1968, Sébastien La Rocque a
entrepris des études en musique au Vanier College avant
de bifurquer vers des études littéraires à l'UQAM, qu'il a
abandonnées après trois ans au doctorat. Il est maintenant ébéniste et chroniqueur musical pour Pelecanus.net.

Le Cheval
d'août

BIENVENU, Sophie
Chercher Sam, 2014 (première édition)

NICOL, Mikella
Les filles bleues de l'été, 2014

RAYMOND BOCK, Maxime
Des lames de pierre, 2015

BIENVENU, Sophie
Chercher Sam, 2015 (réédition)

LAROCHELLE, Corinne
Le parfum de Janis, 2015

BRITT, Fanny
Les maisons, 2015

BROUSSEAU, Simon
Synapses, 2016

BIENVENU, Sophie
Autour d'elle, 2016

Sébastien La Rocque
Un parc pour les vivants

Le neuvième titre publié
au Cheval d'août, sous la direction
littéraire de Geneviève Thibault.

Conception graphique
L'identité et la maquette du
Cheval d'août ont été créées par
Daniel Canty, en collaboration avec
Xavier-Coulombe Murray et l'Atelier
Mille Mille.

Mise en livre
Jolin Masson

Photographie en couverture
Danny Taillon

Révision linguistique
Maxime Raymond Bock

Correction d'épreuves
Marie Saur

La citation-cheval est un proverbe
français

Le Cheval d'août
5639, rue Saint-Urbain
Montréal (Québec) H2T 2X2
lechevaldaout.com

Le Cheval d'août remercie de son
soutien financier le Conseil des arts
du Canada.

Dépôt légal, 2017
Bibliothèque et Archives nationales
du Québec
Bibliothèque et Archives Canada

ISBN 978-2-924491-18-8

Distribution au Canada
Diffusion Dimedia

Distribution en Europe
Librairie du Québec à Paris

Un parc pour les vivants a été
composé en Domain Text, un
caractère dessiné par Klim en 2012,
et en Post Grotesk, un caractère
dessiné par Josh Finklea en 2011.

Ce premier tirage de Un parc pour
les vivants a été achevé d'imprimer
à Gatineau sur les presses de
l'imprimerie Gauvin pour le compte
du Cheval d'août au mois de
mars 2017.

Il est trop tard pour fermer
l'écurie une fois que
le cheval s'est sauvé.